途中にいる君は

榊 花月

幻冬舎ルチル文庫

CONTENTS ✦目次✦

旅の途中にいる君は

✦カバーデザイン＝高津深春（CoCo.Design）
✦ブックデザイン＝まるか工房

イラスト・陵クミコ✦

旅の途中にいる君は

1

からんとしたフローリングの床に、真渕未雲《まぶちみくも》は茫然《ぼうぜん》と佇《たたず》んでいた。

馴染《なじ》んだはずなのに、まるで初めて訪れたかのようによそよそしい1LDK。それもそのはずで、部屋からは家財道具がすっかり消えていた。掃き出し窓を蔽《おお》っていたブラインドもなにもかも。線描のリトグラフが掛かっていた壁が、そこだけ白い。

リビングのカウチや、セミダブルのベッド。バスルーム。

ここにいるときの未雲の指定席……二人でじゃれ合ったり、ふざけた場所はすべてその痕跡を消していた。まるで、そんな日々など最初からなかったかのように。

「ね？　だから言ったでしょ」

背後からかけられた声に、未雲は我に返った。そこに人がいたことも失念するぐらい、放心していたらしい。

「——すみませんでした」

一週間も前に引っ越した、という説明がどうにも信じ難く、面倒くさそうな不動産屋を追いたてるようにして、この部屋を開けてもらった。しかも、この時間帯しか開けられないというので、未雲は昼の休憩時間を潰《つぶ》して、バスで十分かかる津久井《つくい》の住まいを訪れたのだ。

いや、すでに津久井の部屋ではなくなっている、のだが。

「きれいに使ってもらってたし、家賃が滞るなんてことも一度もなかったし。いいおきゃ、借り手さんだったんだけどねえ」

不動産屋の男は、残念そうに言った。未雲を見る目からも、最初の胡乱《うろん》げな色は失《う》せ、どちらかといえば同病相哀れむ、といった表情になっている。

それはそれで腹立たしかった。しかし、その感情が八つ当たりにすぎないともわかっている。未雲はもう一度礼を言い、踵《きびす》をめぐらせた。

部屋を出ると、夏の太陽が真上から照りつけてきた。ハイツの外階段を、三階から一階まで下りる。一段ごとに、なにかが終わっていくような気がした。焼けたタイルが底の薄いスニーカーを通じて足の裏を刺激する。

いや。

下りきったところで振り返り、未雲は思い直した。

終わっていくのではなく、もう終わっていたのだ。少なくとも、未雲がここを訪ねようと思いついたときには、すでに。

三階建ての白い建物。二度と訪れることはないのだろうか、そう思い、自分の未練がましさに内心苦笑した。たった今、終わっていたんだと断定したのは誰だ。

脳裏に、津久井黄昏《たそがれ》の顔が浮かぶ。輪郭のぼやけた、水墨画みたいな曖昧《あいまい》な像。恋人だと思っていたのは未雲だけだったのだろうか。津久井の姿を思い出そうとすると、なぜかこんなふうにぼんやりとしたイメージしか出てこない——二人がうまくいっている、と未雲が思っていられた時期ですらそうだった。

最初から、いない人間だったと思えばいいのか。二年もつきあっていて、そんなふうに割り切れるはずもない。

ハイツを背にしながら、携帯電話を取り出す。やはりつながらない。一週間前まで、津久井に通じるはずだった番号が、今は使われていないという。何度聞いても、そのメッセージは冗談としか思えない。だが、津久井が携帯を解約したのだけはたしかなのだろう。携帯そのものを手放したのか、新しい番号を、未雲には教えないというだけか。

もしそうなら、とまた同じ思いが巡る。

もう津久井は、自分には用がないというわけだ。

どうしていらなくなったのだろう。そんな気配を感じたことなどなかったが。それとも、ただ自分が鈍すぎただけか。疎まれているのを、気づかないほど。

二十一歳の未雲にとって、失恋ははじめての経験ではない。

ゲイのカップルは長続きしないという。高校生のころ、こそこそ通ったその手の店で訳知り顔のお姐《ねえ》さんが言っていた。彼氏とはつまり、セックスのパートナーであり、飽きたら次次と相手を代えればいい。「一生添い遂げる」なんて、本気モードの二人は、そもそもこんな場所に来やしない、と。

　事実、少し通っただけの未雲の目にも、彼らは奔放すぎた。元カレが元々カレとつきあっていて、今のカレはその元々カレの元カレのツレで、さらにツレの今カレは……複雑すぎる人間関係は、十代の未雲には幻滅しか運んでこなかった。それだけ乱脈なのに揉《も》めたりしないのは、そういうものだから。圧倒的なマイノリティ、同じメンバーが狭い世界を回遊しているにすぎない――。

　その文脈でいくと、元サヤなんてものもざらにあるわけなのだが、いつか津久井が戻ってくるような予感は、今の未雲にはまったくしない。

　どうしてだろう。希望的観測にすぎなくとも、とりあえずそう自分に言い聞かせることで捨てられた、という実感は薄まる……と思えないせいか。気休めに都合のいい未来を妄想してみたところで、津久井につながるラインは今のところすべて断ち切られている。メールがエラーで戻ってきて、通話に切り替えようとしたら、例のメッセージ。

　あわてて津久井の家に向かったが、結果はこうだ。一週間。連絡がとれなくなったのは、七日前のこと。そのときに、迅速な行動をとっておくべきだったのか。しかし、八日前に、いったいなにがあっただろう。いつものように、職場の近くでこそこそ落ちあって、食事をし、その夜はここに泊まった。ビールを呑《の》みながら、テレビを見た……筑波山《つくばさん》で変死体が見つかったとか、滋賀県の地銀で横領事件が発覚、とか、特に珍しくもないニュースを眺めた。津久井はいつも通りもの静かで、冷んやりとした独特の気配をまといつかせていた――ただ、それだけだ。他にはなにも、思い出せないのに。

Tシャツの後ろ襟を、陽光が炙《あぶ》る。未雲はうなだれて歩いていく。アスファルトから、陽炎《かげろう》がゆらゆらと立っている。その向こうに続くはずの道すら幻に思えて、不安が未雲の胸を塞《ふさ》いだ。

休憩時間ぎりぎりで、未雲は職場に戻った。バックヤードのロッカーにバッグを放りこみ、店に出ると午後便が届いたところだった。店長の美也子《みやこ》と、販売スタッフの雁金《かりがね》が二人がかりで段ボールを開けている。

未雲を見ると、美也子は雁金に休憩に入るよううながした。雁金は一瞬、未雲と美也子の間に視線を送ったが、立ち上がって会釈《えしゃく》をよこした。

未雲も軽く低頭し、バックヤードへ向かうほっそりとした背中を見送った。すらりとした長身に、カシュクールのワンピースがよく映える。

「未雲、店内整理したらこっち手伝って」

美也子が顔も上げずに命じる。こちらも似たデザインだが、雁金のベージュに対し、エメラルドグリーンを基調とした幾何学模様のプリントワンピースで、まったく別物に見えた。まだ二十代のはずの雁金と、四十代も半ばの美也子が同じスタイルではいただけないが。

未雲ははいはいと口の中でつぶやいたつもりだったのに、「はいは一回！」と鋭い叱責《しっせき》が飛ぶ。

うるさいなあと思うものの、こちらは胸の中でそっと漏らすだけに留《とど》めた――美也子のつっこみが入らないということは、口に出さずに済んだのだろう。

駅に直結したショッピングモールに入った、インポート専門のセレクトショップ、「プティ・シモール」は、オープンからこのモールの二階に店を構えていて、切りまわすのは未雲の母である美也子だ。専属のバイヤーはいるのだが、ときどき美也子もフランスやイタリアに買いつけに行く。華やかでフェミニンな女らしさの溢《あふ》れる外見とはかけ離れ、性格は男まさりだ。その分、大学病院に勤務する内科医の父親のほうは温和で家庭的とバランスがとれている。

二年前、高校を卒業したきり、就職も進学もせずふらふらしている一人息子を、母が咎《とが》めてきた。働かざる者食うべからず。正しい。

四歳上の姉は、アメリカの大学の修士課程で学んでいる。むこうで起業するなどという話も聞こえてくる。暢気《のんき》な父親とて、甲斐性《かいしょう》のある妻に依存しているわけではなく、未雲の怠け癖は誰に似たのだろう、と美也子は訝《いぶか》っている。まあ、自分が親でも不思議だと、未雲は思う。

いずれにせよ、食い扶持《ぶち》を稼がねば家を追い出されるということだけははっきりしていた。怠け者の本能は、己の危機だけは鋭く嗅《か》ぎ当てる。生まれてはじめて、未雲はアルバイト雑誌というものを買った。そして、住宅情報誌も。

念入りに検討してみて、独立するだなんてことは夢のまた夢、不可能事と理解した。急速にやる気を失った未雲は、母親の経営するショップでアルバイトとして働くことになる。正式採用でないのは、たまたまアルバイトが辞めて人員の補充が急務だったためだ。そんな扱い、親の店というホーム感がなければ受け容《い》れ難い……が、あの頃の自分なら超アウェイであろうがその立場に甘んじたであろうとも思う。そうとでも考えなければやっていられない。

それにしても、八割方が女客であるショップに、男の店員がいていいのかという疑問に関しては、「あんた、黙って立ってりゃ女の子に見えないこともないから」と、回答になっていない見解で返された。

いろいろと納得できないことも多いものの、結果的には成り行き任せで流されたことが幸いする――同じショッピングモールのストーンショップの店長である津久井黄昏と、運命的な出会いをして恋人同士になったのだから。

――そのはずだった、のだが。

そう思っているのは自分のほうだけだったという可能性、というフレーズが、ここ数日の未雲の脳裏に、意地悪な悪魔みたいに浮かんでは消える。

「真渕くん、お客様」

言いつかった作業の手が、いつしか止まっていた。美也子の声に、未雲は我に返った。「プティ・シモール」の訴求対象である、二十代後半から三十代の働く女性、という層ど真ん中な客は常連客の一人だ。

「いらっしゃいませ」

美也子の方針として、店内を物色する客に特別声をかけない。未雲たちの仕事は、いわゆるファッションアドバイザーということになるだろう。しかし、その種の職にありがちな過干渉は、ここの店員には求められない。客のほうが声をかけたそうにしているところを見計らって、さりげなく近づき、相手の欲するところを素早く察知する。

そんな技能が、しかし二年の間にはいくぶん未雲の中にも育っているらしい。

「これ、他の色はないのかしら?」

カットソーを手に首を傾《かし》げる客に向かい、未雲はにっこりと微笑《ほほえ》んでみせた。

「あいにく、ボルドーとオフホワイトの二パターンだけになっております……こちらのほうでも、よくお似合いになると思いますよ?」

華やかなボルドーのほうを摘《つま》み上げると、客はまんざらでもなさそうに「そうかな?」と受け取った。

二年前、十代の頃ならともかく、今現在の自分は、女装したって女になんか見えないというのが未雲の私見だが、接客に出ても引かれないということは、うまく胡麻化《ごまか》せているのだろうか。

「店長、どうかしら?」

鏡の前でカットソーを胸に押し当て、彼女は美也子に声をかける。やった。解放された。店員にあるまじき快哉《かいさい》を腹の中で上げ、未雲はさっさと棚の整理に戻った。それでも、今日はあの、アシンメトリーのプリントワンピースが売れたんだな、などと目は状況をしっかり捉《とら》える。

それが終わると、美也子がやりかけていた作業を引き継ぐ。箱の中に残っていた、ビビッドカラーのフラットシューズをショーウィンドウの棚に並べているとき、ふと目の前に現れた人影に気づく。

「やあ。働いてるね、感心感心」

積田隼介《つみだしゅんすけ》は、爽やかすぎてかえって胡散《うさん》臭い笑顔を全開にして、こちらを見下ろしている。

ある意味、今いちばん会いたくない相手だったかもしれない。頬《ほお》が強張《こわば》っていくのを自覚しながら、未雲はしかし、他の表情を選べない。

雁金が早めに戻ってきたため、美也子は快く未雲を積田に引き渡した。積田が大のお気に入りなのだ。

なんの嫌がらせだと思いつつ、未雲は一階のフードコートに下りていく。積田はさっさとソーダファウンテンを選ぶと、未雲をテーブルに座《すわ》らせた。いいというのに、未雲のぶんまで飲み物を買って運んでくる。身体《からだ》に悪そうな色味のクランベリーソーダに、レモンのシャーベットが浮かんだフロートは、未雲の好きな組み合わせである。積田はブルーキュラソーのストレート。トッピングはバニラビーンズ入りのアイスクリームだ。

「――なにか用？」

未雲は代金を払うつもりだったのに、積田が受け取らないため小銭がテーブルに置いたままになる。どこかでこんな場面を見たか読んだかしたことがあった。よそごとを思ういっぽう、なぜこの男が現れたのだかもやはり気になった。積田が、おそらくは勤務時間中にここにやってくるのは初めてではない。しかし、このタイミング。

「んー。用っつうか、近くまで来たからさ」

「………」

積田は、都心にある大手商社の営業マンだ。そして、この近辺に得意先があると未雲は知っている。ただなんとなく、立ち寄っただけなのか。

そのとたん、

「このクソ暑いさなか、外回りしてんだ。ちょっと休憩したくなったっていいだろう?」

まるでこちらの頭の中を覗《のぞ》きこんだかのようなセリフに、内心ぎょっとした。

「べつに、ツンが仕事サボって怒られようが、俺はどうでもいいから」

自然と口調がぞんざいなものになる。ツンというのは、この男の愛称だ。ツンとかツンちゃんとか。津久井がそう呼ぶから、自然と未雲もそれに倣《なら》っていた。

「あらあら冷たいわねえ。っていうか、機嫌悪い?」

一瞬たじろいだが、積田が異変に気づくのも時間の問題だろう。オネエ口調で身をくねらせているが、頭の中身までふざけてはいるまい。そんな、油断のならない空気をまとった男でもある。

「——黄昏が、仕事辞めた」

「ははあ。悪い癖が出たな」

案の定、驚いた様子はない。それとも、先に津久井の店に回った?

「……知ってたのか」

「いや。今知った」

「ほんとかよ」

いろいろとつっこみたい。店どころか、部屋まで引き払っている。つきあいの長い、というかおそらく東京で津久井をいちばんよく知っているのは、きっとこの男だ。中学時代からの腐れ縁。津久井がそこまで積田に気を許している気配はないものの、そもそも津久井はそういう男だ。

しかし、恋人に突然いなくなられたただなんて、自分の口からはどうしても言いたくない。

「連絡は取れてんだろ」

「……まあね」

見栄を張るどころではないだろうに、嘘《うそ》をついた。胸に小さな穴があく。

「あいつは気まぐれだからなあ」

積田はストローを咥《くわ》え、一瞬遠い目になる。

「うん、気まぐれ」

だからこそ、自分になにも告げないまま消えたのだろう。ただの気まぐれであってくれればいいのだが、と願い、未雲はその卑小さに自己嫌悪をおぼえる。ほんとうにこれで、恋人同士といえるのか？　――そんな疑問が浮かぶのは、なにも今にはじまったことではないけれど。

「じゃ、未雲は今夜、空《あ》いてるわけだ？」

「は？」

「どう、飯でもいっしょに」

「……約束あるから」

「黄昏と？」

「そう」

つい肯《うなず》いてしまったが、むろんそんな予定はない。胸にあいた穴から、風が吹きこんでくる。

「じゃ、訊《き》いといてよ」

「なにをだよ」

「これからどうすんのか。いきなり仕事辞めちゃって、失業保険でしばらく食う気なのか。ってか、自己都合の場合、貰《もら》えんのって三か月だろ」

「そんな下世話な話はしたくないよ。訊きたければ、直接訊けば」

ふと、新しい携帯電話の番号を、目の前の男は知っているのではないかという考えが浮かんだ。なんだかんだいって、いちばん近しい相手……しかし、自分の立ち場を考えると、教えてくれとは言えない。それとも、なりふりかまわず縋《すが》りつくしかないのだろうか。

嫌だ。特に、積田に請い願うだなんて。

「俺だって、そんなデリケートな話はできないさ、あいつとは」

「だって、親友なのに？」

「親友っつうか、たまたま同郷で中高の同級生ってだけ」

「実は黄昏が嫌いだったとか？　そりゃ、ツンより黄昏のほうがイケメンだしモテるしカッ

コいいしモテるし」

内心の不安を悟られぬよう、未雲はわざと軽い口調で冷やかす。

「おい、なんでモテるってとこだけ二回言うんだよ」

「さあ。強調？」

「半疑問形の返しって、もう古くね？」

「自分だって半疑問じゃん」

即座に未雲はつっこんだが、

「あ、ほんとだ。こりゃまた、失礼」

積田が素直に認めるので、やや調子が狂う。自分ならこんなとき、決して譲歩したりしない。それがいかにもガキっぽいリアクションだと、わかってはいても。

常日頃、軽すぎる言動がいかにもチャラい男だが、そんな積田だって未雲より八年長く生きている。この先の八年間で、自分はどれほどの大人の流儀を積んでいくことができるのだろう、とふいに思う。

「じゃあさ、俺もそのデートに参加――」

「お断わりだ」

「……まだ全部言ってないんだが」

「三人になったら、デートって言わないだろ」

積田の目が、きらりと光った。

「あながちそうだとも言えないぜ？　世の中にはさんぴ――」

「じゃ！　俺、仕事に戻るから」

未雲は、椅子を蹴るようにして立った。うわ、と積田。

「そんな怒るなよお、冗談だろ」

「冗談でも最低だ」

とりなすような笑顔を振りきり、

「ごちそうさま」

わざとゆっくり、一音ずつ発音した。

「……ったく、俺にはどSなんだよなあ、黄昏の前じゃ従順な子犬のくせに」

もう一度怒鳴りつけたい気持ちを堪《こら》え、未雲はフードコートを後にする。


たしかに津久井は気ままな男だ。

ランチタイムで混《こ》みあうフードコート、トレイを捧げ持った未雲は空席を探してうろうろしていた。

六月の終わりに、生まれて初めて職というものに就いた。アルバイトといえども、就労経験のない身にはけっこうな試練である。もうじき最初の給料日がくる。二十五日を過ぎてから未雲を雇い入れた女社長は、とんだ因業ババアだというほかない。たとえ、それが実の母親であるにしてもだ。

朝一で、裏の従業員通用口に下ろされた荷物を受け取る。「プティ・シモール」に運びこまれる商品は衣類が中心だが、段ボール箱を台車に積んで二階へ上がり、バックヤードでまたひとつひとつ下ろすのは未雲にとって軽い労働などではなかった。おまけに、休む間もなく開店準備に追われる。

こんな仕事、息子でもなければ耐えられるか。いや、息子相手だから、美也子も躊躇《ちゅうちょ》なく未雲を追い立てるのだろう。騙《だま》されたような気分だ。

胸のうちで苦情を数え上げ、はあとため息をつく。おまけに、十二時過ぎのフードコートのこの人の多さ。

「ソレア」は、駅に直結する、三階建てのショッピングモールだ。三階はレストラン街になっていて、有名店の支店も幾つか入っている。食事どきなど、行列を作る店もある。

一階の一部分にあるこのフードコートは、それよりも肩が凝らず値段も張らない、ファストフードの屋台が軒を並べており、品を買い求めた後は、それぞれ好きなテーブルに着いて食べるシステムだ。もちろんテイクアウトしてもいい。ただ、全員にまんべんなく行き渡るだけの席数はないことを、混んだ時間帯には思い知ることができる。

未雲も、ピザとタコ焼きを別々の屋台で買い、最後にソーダファウンテンで飲み物を確保した。しかし、スペースは確保できなさそうだ。最終的には店のバックヤードで食べればいいのだが、二種のソースの混ざり合った匂いに、横柄な店長が顔をしかめそうである。

「――よければ、こちらにどうですか」

フードコートを出ようとした未雲は、柔らかな低めの声を聞いて振り返った。

エントランス近く、二人掛けのテーブルに着いていた男が、こちらを見ている。

視線が合っても、その声が果たして自分にかけられたものかどうかは判断がつかず、困った。なにしろ、まるで見ず知らずの相手だ。

だが同時に、おそろしく好みのタイプでもあった。

年齢は二十代後半だろう。すっきりと整った、涼しげな顔立ち。白皙《はくせき》という語を思い出す。切れ長の目尻が、どことなく酷薄そうなのも、口角の真っすぐな薄い唇も、未雲のストライクゾーンど真ん中の男なのだ。

自分が、同性にしか愛情や性欲をおぼえない種類の人間だと、気づいたのはいつ頃だっただろう。高校時代、少しだけつきあった年上の男と、性愛を含む恋愛を経験した。結局、男は世間体のために見合い結婚をして、未雲はかなりへこんだ。その後、子どもも生まれて幸せになっていると聞いた。そういうものだと、出会いの場だった店のみんなが未雲を慰めた。どんちゃん騒ぎの失恋パーティは、それなりに楽しかったが。

目の前の男は、はたしてどうなのか。マイノリティを自認して以降、同類を見分ける嗅覚はそれなりに養われてきたと思う。

すくなくとも、今、この時点で未雲と相席することをよしとしている。ただの親切な男かもしれない。だが、好みのタイプとランチを共にするチャンスをふいにするほど、未雲も子どもではなかった。

「ありがとうございます。じゃ、お言葉に甘えて」

トレイを男の向かい側に置くと、さっと座った。相手の顔が、おやというような表情を一瞬浮かべる。もう少し控えめな態度が予測されていたのだろうか。

それにしても、何者だろうと、未雲は失礼にならない程度に男を観察する。白いシャツに黒のボトムというシンプルな服装。ネクタイも上着もない、という理由だけでなく普通のサラリーマンには見えない。

「厳密には、会社員ですよ」

しかし、津久井黄昏と名乗った男は、さらりと身分を明かした。一階に入っているストーンショップの店長だという。全国的にチェーン展開している企業で、本社からの出向なら会社員には違いないのだろうが。

「でも、オフィスでコピー取ったりとかはしないいんですよね？」

未雲が訊《たず》ねると、左側の口角だけを上げた。あまり笑わない男であるようだった。クールというのとも、また違うのだろうか。デザートにピスタチオのジェラートを選んでいたが、津久井本人はさらさらで冷んやりした、混じりけのない硬水みたいだと感じた。

それでいて、決して冷たくはないのだ。訊かれたことにはきちんと答えるし、ユーモアをまじえた言葉も出てくる。八歳下と知って、未雲を軽んじたり、侮ったりする様子は窺《うかが》えない。総じて楽しそうだった。そう見えたことが、未雲に勇気を与える。休憩時間が終わりに近づいてきて、思いきって携帯電話の番号を訊ねたら、迷う様子もなく携帯を取り出した。赤外線通信で、互いのデータを交換する。

「最近は、スマホ持ってる人、多くなりましたよね」

「ああ。僕は、基本的に電話は通話以外では使わないから」

「ええと、じゃあ、メールとかも？」

「それはかまいませんよ」

言って、わりとはっきりとした笑顔になった。一瞬だが、窪《くぼ》んだ口角の翳《かげ》りに、未雲の視線は釘付《くぎづ》けになった。

「俺も、そんなにケータイとか重要視してないし、メール魔ってわけでもないですから」

フリップを閉じてつけ加えた言葉が、いかにもいいわけめいている。未雲は軽く後悔した。そんな未雲がおかしくなったのだろうか。津久井は今度は、顔全体で笑った。

未雲の周りの空気が、束の間静止する。騒がしいフードコートから音が消え、動いているのは対面する二人の心臓だけ……そんな錯覚を、未雲はおぼえた。

自分に、一目惚《ひとめぼ》れする資質があるとは、そのとき初めて知った。


あのときに交わした会話のことを、未雲はぼんやりと思い出している。半分ぐらいは、仕事のグチだった気がする。

今考えると恥ずかしい。せいぜい五キロ程度の箱を、しかも台車に乗せて運ぶのを「重労働」だとか、下っ端《ぱ》だからシフトいじられまくりとか、得意客の名を覚えていないことで責められるのはイビリじゃないのか、とか……相手は八歳も年上で、社会人経験も豊富な大人の男。そんな些細《ささい》な不満に、どう共感しろというのだろう。

だが、津久井はそんな未雲を受け容れてくれた。まだ十代で、世の中のことなどほとんど知らず、それでいてクレームだけは人一倍、寛容になろうとさえしない――簡単にいえばほんのガキにすぎない未雲を、その欠点もまるごと抱きしめてくれた。

それもいつもの気まぐれだと言われれば、そうかもしれないとしか返せない。つきあいはじめてしばらくはわからなかった、津久井の気分はとりわけうつろいやすいと、熱しにくいのに冷めやすく、そもそも何を考えているのかさっぱりわからないことを。

気がつけば、どうにかして笑わせたいと必死な自分がいる。時間の止まった景色の中で、瞬時に未雲の心を摑《つか》んだあの、津久井の笑顔を見たい。

そんなことばかり思っていたから、津久井の目が何を見ているのかなんて、考えようともしなかった。

2

地下鉄の出口を上がったときには、まだ空は明るかったが、汗だくになって歩いているうちにいつのまにか日が暮れて、あたりはすっかり薄暗くなっていた。

津久井の母校である大学のグラウンド脇を歩いていた未雲は、ふと足を止めた。周囲が薄暮に包まれているのに気づき、携帯電話をデニムの尻ポケットから取り出して時間を見た。なんと、二時間以上も歩き回っていたのだ。学生時代の津久井が住んでいた街。二人で歩いたこともあったから、当時の津久井の住まいも知っている。しかし、さっき行ってみると、アパートは取り壊されて、建物のあった場所は更地になっていた。

それだけのことで、心が折れそうになった。そんな自分が情けない。

新宿通りを麴町《こうじまち》のほうに向かって歩く。八時近くなっても、家に帰る気は起きない。

アルバイトを定時で上がった未雲は、そのまま地下鉄に乗った。津久井が学生時代を過ごした街。そこに行けば会えるのではないか、などと能天気な期待があったわけではない。しかし、なんの手がかりも摑めなかったことで落ちこんでいるなら、少しは期待していたのだろうか。自分の気持ちなのに、わからなくなってくる。

津久井のことを、ほとんど知らない、という事実をここへきて未雲はようやく自覚した。自らについて、あまり語りたがらない津久井だ。恋人の過去を根掘り葉掘りする禁を犯したくないというよりは、そんなものより現在の二人の関係が、未雲にはなにより大切だったということだろう。

そのせいで、津久井が足を向けそうな場所をいくつも思い当たらない。まぬけだ……迂闊《うかつ》すぎる。成就した恋に浮かれて、相手の内面を深く知ろうともしなかった。自分の気持ちが最優先だなんて、どれだけガキなんだ。

もっとも、仮に未雲が昔話を聞きたがったところで、津久井はするりとはぐらかしただろうとも思う。自己に言及するのを好まないことを、未雲は感じ取っていた。

八歳の年齢差は大きい。前につきあっていた男とは、一回り離れていたことを思えば似たようなものなのだが、それにしたって津久井はあまりにミステリアスで、前の男とは比較にならないくらい大人すぎた。

つきあっていて、そんなところに不安がなかったかといえば嘘になる。

それでも、と思っていた。傍《そば》にいられさえすればいい。

背後でエンジン音がして、未雲の前に光の環《わ》が生まれる。眩《まぶ》しさに目を細めているうち、車は未雲を追い越していった。

走り去る車のテールランプを見つめ、ふと未雲は涙ぐみそうになった。

こんな天下の往来で、泣くわけにはいかない。

唇を噛《か》みしめ、歩を早める。と、見覚えのある店が前方に現れた。

未雲は立ち止まって、店を眺めた。津久井と入ったことがある、ステーキハウスだ。学生時代によく訪れたとだけ聞いていた。味がよく量も多いが、値段はリーズナブルで、腹を空《す》かせた大学生の溜《た》まり場だったという。

肝心の大学生活については、あまり多くを知らない。しかし、この店に足しげく通っていたと聞いて、津久井の学生時代を想像することはできる。

未雲は吸い寄せられるようにしてドアを押した。脂の焼ける匂いとソースの香が鼻を刺激する。皿を運んでいた店員が、「いらっしゃいませ」と声をかけてきた。

入りはしたものの、食欲はあまりない。未雲はドアの前に立ったまま、躊躇する。と、背中を押すようにふたたびドアが開いた。

「なにやってんの、早く席に着けば」

「！」

振り返った未雲が睨《にら》みつけるのに、積田はにやりとしてみせた。

「な、なんでこんなところに」

「こんなところ、って失礼だなあ。店に対して」

その通りだった。未雲を怯《ひる》ませ、その勢いのまま積田は未雲をフロアにぐいぐいと押しこむ。とうとう未雲は、空きテーブルまで運ばれてしまった。積田はさっさと奥のほうに座り、目でうながす。

呪いの毒電波に操られるようにして、未雲はすとんと手近の椅子に腰を下ろした。その後、猛然と腹が立ってきた。

「なんなんだよ、誰があんたとこんな——」

「だから。こんなこんなって、失礼だっつの。ねえ?」

最後のは、水を運んできた店員に向けての言葉だ。紺色のエプロンをつけた若いウェイトレスは、困ったのだろう、あいまいに微笑む。

「テキサスステーキセット、二五〇グラム二つ。両方ともライスね。あとビール。ピッチャーで。ご注文は以上でよろしかったです」

「あ、はい」

自分の言うべきセリフを盗《と》られてペースを乱されたか、彼女はあたふたと伝票のページを捲《めく》る。

「ちょ、ちょっと待てよ。二五〇グラムとか俺、無理」

「え?」

「文句言うなよ、人の作ってくれたメシに」

「まだ注文しただけだろ!」

末雲はつい声を荒げたが、ウェイトレスのおびえた顔に、気を取り直す。テーブルのあちこちに目をさまよわせた後、

「――煮込みハンバーグセット……ライスで」

メニュー立てに挟まっているメニューから、見えている部分をそのまま読み上げた。

「なんなんだよ、いったい」

ウェイトレスが去ってから、末雲は眉《まゆ》をしかめた。積田はまったく悪びれた様子もなく、

「なにって、飯食いに来たんだろ？　末雲は俺もだ。知らない仲でもないのに、別々の席で食わなくたっていいじゃん。だいいち不経済だ。かきいれ時に、一人客にテーブルを塞がれちゃ、店だって迷惑だろうが」

立て板に水のごとく持論を主張する。

やはり、おっしゃる通りだが、なにかおかしい。なにがおかしいんだろうと思い、気がついた。

「なんであんたがこんな、いやここにいるんだよ」

「飯を食いにきたんだよ」

「……あんたも大学時代に、ここの常連だったとでもいうのか」

「いや。俺の大学は方向違いだし」

方向どころか、二十三区内でもない。積田は、国立《くにたち》にある大学の出身だと聞いた。

「じゃあなんで」

「仕事。外回りで、近くにきたんでね」

「こんな時間まで?」

「チョッキだよ」

少し考えて、未雲は頭の中で「直帰」と変換した。

「……偶然に?」

「偶然にもな」

ほんとかよと思うが、未雲はそれ以上切りこむ言葉を持たない。俺の後を尾《つ》けてたんじゃないのか? と、胸に浮かんでいることをそのまま言うのは、いくらなんでも自意識過剰というものだ。

だが、この男ならばそうするかもしれない、という思いもある。店に現れたのは一昨日《おととい》だ。あのときも、外回りでと言っていた。積田の会社はたしか竹橋だ。そんな頻度で、未雲の生活エリアにたまたま赴くなんてことがあるだろうか。

とはいえ、今日、未雲が津久井の行方《ゆくえ》を求めて四ッ谷を訪れると、積田に予想できたはずはない。だいいち、津久井が消えたことを、積田は知らない——いや。

未雲は思い直した。知らないふりをして、実は知っているということは考えられないだろうか。積田は、津久井とはまた違う意味でわかりにくい。基本的には陽気で社交的な男で、その精神状態はおおむね安定している。逆に言うと、いつも飄然《ひょうぜん》としているため、ほんとうはなにを考えているのだか、知ることは難しい。ひと好きのする男前だが、ひとを食ったような態度がたまにむかつく。

それでも、半年前までは、積田なんて未雲にとっては津久井の人生の登場人物その六、程度のモブキャラだったのだが……薄暗いバーの、硬いスツールの感触が尻に蘇《よみがえ》り、未雲はあわててそのイメージを頭から追い払った。あれは酒の上のことだし、だいたい未雲は酔っていて記憶がないという設定を通している——積田に対しては。

あらためて、向かいの男を窺う。積田はいつもと変わらぬ悠揚せまらざる態度で、テーブルに頬杖をついている。別のウェイトレスが、ビールを運んできた。

「いらっしゃいませ。この間はどうも」

未雲は視線をウェイトレスに向けた。親しげな笑みが、口許《くちもと》に浮かんでいる。

「あれ、覚えててくれた?」

「そりゃもう。イケメンさんの二人連れなんて、忘れたくたって忘れられませんよう」

「はは。ビール追加しちゃおうかな」

積田は、豪快な笑顔で言った。

まるで獲物を喰《く》らうライオンだ、とその顔を見ながら思い、未雲は、なぜそんな凶暴なイメージを受けたのだろうと内心首を傾げる。

「――あちこちに知り合いがいるんだな」

ウェイトレスが去ってから、未雲は指摘した。

「っていうか、けっこう頻繁にきてるんじゃん？　顔、覚えられる程度には」

「だから、得意先が近くにあるんだって」

なら、「偶然」未雲のほうが、積田の生活エリアに踏みこんだということか。

それでも、納得できないものが残ったが、問題はそんなことではない。積田なんかのことで、いちいち思索を巡らせたくない。特に、今は。

積田はピッチャーから、二つのグラスにビールを注いでいる。

「では乾杯」

未雲はおざなりに、差し出されたグラスを自分の手の中のそれと触れ合わせた。乾杯する気分ではなかったが、積田に隠し事がばれるよりはましだ。

「つうかさ」

やがて料理も揃《そろ》い、まだじゅうじゅういう鉄板の上のステーキにナイフを入れながら積田が言った。

「連絡とれないんだけど」

「……なにが」

未雲はやや警戒しながら相手を見る。

積田が目を上げた。

「黄昏だよ。この文脈から、他にありえるか?」

たしかに、未雲と積田の間に共通する、連絡を取り合うような知り合いは、一人しかいない。

未雲が返答に詰まっていると、

「おまえのほうも、実はとれてないんじゃないの」

そう続けたので、一昨日から積田が未雲を疑っていたとわかった。

へなんと力が抜けた。気を張ったぶんだけ損をした、と感じる。恨みをこめて睨むと、積田は片眉を上げた。

「やっぱりそうか。黙ってるなんて、ヒドいわっ」

なぜかオネエ口調になっている。

「あんたに、いちいち教える義務なんてない」

「そんな他人行儀な」

ぎくりとした。積田はすぐに真顔になった。

「つうか、あいつ仕事も辞めたんだって?」

「知ってるなら、俺に念押しすることないじゃん」

「うわ、カリカリしてる。怖」

「ウキウキしながら言えってのかよ」

「たしかに」

積田はまたにまっと笑う。

「しかし、未雲ちゃんにも知らせず消えるって、フリーダムにもほどがあるな。びっくりするわ」

「……言うほど、驚いてないように見えるけど？」

「ん、そう見えるけど、実は激しく動揺してんだよ」

「嘘つけ」

未雲は、フォークで鉄板を叩いた。

「いやん、怖いー。でもさ、そういうことなら、俺の出番かなって」

「なんの出番なんだよ」

「もちろん、未雲の新しい彼氏候補として」

からんとフォークが手から離れた。未雲は唖然《あぜん》として、積田のひとの悪そうな笑顔を見る。

「ば、馬鹿にして」

「してないしてない。黄昏のしょうもなさは、さすがに身にしみただろ？　ここらで、安全なほうに乗り換えてみない？」

「嫌だよ」

「そんな、あっさりと」

「だいたい失礼だろ？　そりゃ、黄昏とは連絡とれてないし、正直なにが起こったのかも全然わかんないよ——だからって、この段階で次のことを考えろとか、そんなの俺たちに失礼じゃないか」

「俺たち、ね」

未雲の猛攻にも、積田はこたえたふうはない。反復すると、肩をすくめた。

「まあ、それはそうだ。悪かった」

低頭され、未雲は表情が選べない。積田の率直さに触れるのは初めてではないにせよ、それこそあっさりと詫《わ》びられては、怒りを持続させるほうがひどいことをしているみたいだ。

理不尽すぎる。前ぶれもなく恋人に消えられたあげく、不要な罪悪感まで背負えというのか。未雲は、半ばやけ気味に言った。

「謝らなくてもいいから、協力してよ」

フォークを持ち直す。

「協力って、探すのかあいつを」

「探しちゃいけないのかよ」

「うーん。おすすめしないな」

積田が鷹揚にうなずくのを見て、未雲の胸にふと疑惑が生まれた。

「もしかして、知ってんの」

「俺が？　なにを」

「黄昏がいなくなった理由。というか、どこにいっちゃったんだかも」

「知るわけないだろ、べつにそこまで仲良くねえし」

言いながら、積田は苦笑している。

「薄情だな。幼なじみなんだろ？」

「中高と学校が同じだったってだけだよ。あいつから聞いてない？」

「……でも、東京でいちばん親しいのはツンだって」

愛称を口にすると、積田をそう呼んだ男の、柔らかな声が耳の奥で響いた気がした。まずい。泣きそうだ。

「あいつはさ、ほらクールだし、もともとあんまり深く人づきあいするほうじゃないだろ。俺にとっては、ワンノブ・ゼムだし——」

素早く涙は引っこんだ。未雲は眉根を寄せた。

「ほんと薄情だよね、そういう言い方」

「黄昏が俺のことを、親友だとか言ったの？」

「い、言ってないけど、でも」

「まあいいや。ワンノブ・ゼムは撤回しとくし、捜索に手を貸しもしましょうよ」

積田は、どことなくあきらめた口ぶりで承諾した。

無理やり協力を取りつけた気もしたが、積田がほんとうに津久井の行方を知らないようだと見てとって、未雲はひそかに胸を撫《な》で下ろした。知らぬは自分ばかり、みたいな展開じゃなくてよかった。

「だけど、雲を摑むような話だな」

大まかに切った肉を、ただでさえでかい口を一杯に開いて、文字通り頬張る。積田は、くぐもった声で感想をもらした。

「なんかないのか、手掛かりとか」

「あったら、あんたを頼ったりしない」

こういうときで仕方がないとはいえ、自分の声色は、ずいぶん可愛《かわい》げがないな、と思う。

「いなくなる前に、なにか事件があったとか。喧嘩《けんか》したとか」

「黄昏とは、喧嘩したことなんかない。俺みたいなのと、本気でやりあうような人じゃないし」

「ま、そりゃそうだ」

「あの日だって……」

胸に、いなくなる前の日のことが浮かぶ。

「普通に外で飯食って、黄昏のところに行って。テレビ見てビール呑んで」

「なんのテレビ？」

「べつに。お笑い番組とかの……いや、ニュースか。筑波山の殺人事件とか、滋賀の横領事件とか」

面《おもて》を上げると、積田はフォークを肉片に突き刺したまま、こちらを見ていた。上がった口角。

「――いや」

沈黙をおいたのを悔いるみたいに言い、

「だが、東京は広いぞ？」

未雲にとってあたりまえのことを強調する。フォークを口に運んだ。

「知ってる」

「浜辺に落ちた砂金を掘り出すような話だ、東京で人探し」

「べつに東京とは、限らないじゃん」

「いや、まあそうだけど」

「……前に、黄昏が言ってたんだけど」

もくもくと肉を喰らう積田を眺めながら――それはほんとうに、百獣の王の食事中という風情だった――未雲は切り出す。相手は、目だけで続きをうながした。

「死期を悟った猫は、飼い主の前から消えるんだって。亡骸《なきがら》を、飼い主に見せないように、

る。

津久井が、なんらかの病に罹《かか》っているというのは、末雲が考えた可能性のうちの一つである日突然」

ところが積田は、大きく首を横に振る。

「――それはない」

口の中のものを嚥下《えんか》すると、否定した。

「だって」

「あいつがそんな、上等な男なもんか」

末雲が絶句しているのを見て、「いや、ごめん」とばつの悪そうな顔になる。

しかし末雲は、腹を立てたのではなかった。去ったはずの疑惑が、ぶり返してきたのだった。

「あんた、ほんとはなんか知ってるんじゃないの？」

否定するにしても、口調が確信的すぎる。

「知りませんって」

だが積田は、辟易《へきえき》したように、

「知ってて末雲タンに黙ってるほど、俺は悪人じゃないんだぜ」

やれやれ、とつけ加えたそうだった。

「どうかな」

「どうかなって。わかった。明日、いや明後日《あさって》か。探しにいこう」

日曜は、未雲の公休日である。

宥《なだ》めるために、とりあえず口にしたふうではなかった。未雲はやや心が落ち着くのを感じた。味方が一人でもいるのは、心強い。

この男がほんとうに味方なのかは、どうだかわからないが。


「――あのさ、ちょっと言っていい？」

リアシートから、未雲は隣でハンドルを握る男に声をかけた。車は稲城《いなぎ》大橋を過ぎて、府中に向かって走っているところだった。

「なんでしょうか」

横顔のまま、積田が返事をする。その膝《ひざ》に載った、発泡ポリスチレンのトレイに視線を置きつつ、未雲は、

「これって、ただのドライブじゃないの」

と、かねてよりの疑問を口にする。

「悪いの？　ただのでないのなら、どんなドライブをご所望でしょうか、姫君」

「いや、そういうのいいから……」

未雲は口ごもる。と、整った顔がこちらを向いて、

「おまえが、よく競馬場にドライブデートしたって言うから、そのルートを辿《たど》ってるんじゃないか」

わざとなのだろうが、積田は恩着せがましい調子で言う。

「そうだけど——辿ったからって、黄昏が見つかりそうな気がしないっていうか」

「ってね、未雲ちゃん。アナタが、連れてけって言ったんですよ？」

「………」

そう言われると、返す言葉がない。

日曜である。積田は約束通り、未雲の津久井探しにつきあってくれた。最寄駅で拾われて、そのまま中央自動車道に乗ったのだが——。

「今さら無意味なことに気づくぐらいなら、永遠に気づかないほうがよかったねえ？」

積田の声に皮肉な響きはないが、愉快がるような色は否めない。

そう。楽しそうだから、引っかかるのだ。

未雲の目は、ふたたび積田の膝に下りる。サービスエリアで買い求めたタコ焼きが、二つほどまだ残っている。まだ新しいらしいアクアの車内に、うっすらソースの匂いが漂っているのは仕方ないとして、この緊張感のなさというか、レジャー風味が強すぎるのが問題だ。

それはたとえば、サービスエリアで買い食いするような行為であり、この車がきれいな優しい水色――実際、ボディカラーは「ソーダブルーメタリック」というらしい――で、ロータリーに停まっているのを見たときに、心がはずんでしまった自分の心性だったりする。

それならただ、未雲自身が一瞬たりとも「楽しい」と感じなければいいだけの話なのであるが……積田の隣で微《かす》かな振動に身を任せ、変化のない高速道路の車景を眺めていると、現状も目的もつい、忘れそうになるのだ。問題だろう。

津久井の車は濃紺のアウディだった。それは津久井のイメージにぴったりだったし、艶《つや》のあるビロード張りの車内を汚してはいけないと、乗りこむ前に何度も靴底を確認するのも面倒だとは感じなかった。乗ってしまえば快適で、未雲はどきどきしながらもドライブをおおいに楽しんだ。

今、未雲は違う男の車の助手席で、違う意味で胸をざわつかせている。楽しむだなんて、とんでもない。そう思うのに、サービスエリアでスナックやソフトクリームを買うことになぜか反対できなかった。

つまるところ、普通のドライブになってしまっている要因は、自分にある。そんな責務もないのに未雲の津久井探しにつきあってくれている積田への遠慮が、買い食いを止められないからだと言い聞かせても、思うそばから嘘っぽいな、と自分自身が否定する。

「今日はだめでも、来週はマザー牧場、その次は霞《かすみ》ヶ浦《がうら》にでも行く？」

ステアリングを握りながら、歌うように積田が問う。数え上げる名は、いずれも津久井とデートで赴いた施設や地名だ。

そこを訪れたところで、どれだけ意味があるのかわからない。津久井はなんの痕跡も残さずに消えたのだし、実のところもっとも同じ時間を津久井と共有した場所は、あのハイツの部屋だ。

一緒に撮った写真や、購入したものなども全部津久井の部屋にある。それらをひっくるめて津久井がいなくなった今、あの部屋にはもうなにもない。そのことは、先週確認したばかりである。

要するに、未雲は消息を探るために必要な恋人の情報を、ほとんどなにも持っていなかったというわけだ。母校、昔住んでいたアパート、一緒に入った店。そこでおしまい。あっというまに詰んだ。そういうことである。

それでよく、恋人だなんて言えるよな……。

自嘲《じちょう》の思いがこみあげた。語りたがらない津久井に対し、昔話を強要しない。未雲としては、物わかりのいいところを見せたつもりだった。でも、そのせいで現状、行き詰まっている事実。どうするのがベストだったのか。今そんなことを考えたって、なんの解決にもならないのに。

「ん？」

積田がふたたび、こちらを見た。未雲の返答がないことに、不審をおぼえていると受け取ったが、

「……考えとく」

問題を先送りにする回答しか出てこなかった。

「ずいぶん消極的なことで」

積田が、横顔でにまりとする。

「だって、意味ないじゃん」

「そんな、今日一日を全否定するみたいなことを、アナタ」

「時間の無駄遣いに気づくだけでも、収穫だよ」

「……俺の時間は、どうなるのよ？　未雲ちゃんに些細な教訓をもたらすだけの役目？　無駄遣いって、なんだろう」

茶化すような口調ながら、自分が積田なら、もっと激していいところだった。

「いや、ごめん」

素直に認める。

「謝られてもなあ」

そう言いながら、鷹揚な笑みを見せる横顔。津久井とは全然違うタイプ……安全パイだと踏んだのは、そのためだっただろう。

だからこそ、あんなことになったのだろうと、未雲は半ばむしゃくしゃと考える。半年前――。

「俺はまあ、どっちでもいいんだ。黄昏が見つかれば未雲ちゃん万々歳だし、見つからなきゃ見つからないで、つけこむチャンス」

ぎくりとした。ちょうど今未雲の上を過《よぎ》ったのと、その積田の言葉が微妙にリンクしあっている。つまり、相手も同じ場面を頭に浮かべているのだろうと、そうわかってしまうのは、自分の所業のためである。

「つけこむって、なんだよ。なんのチャンスなんだよ」

黙っているのもおかしな感じだったから、未雲はいちおうつっこんだ。

「んー。未雲ちゃんは、そこ考えなくていいから」

横顔のまま、積田はほくそ笑む。未雲は知らないという設定を、疑っているのなら出てこないセリフだ。今度ははっきり、胸がちくりと痛んだ。

知らない、記憶にないだなんて、本当なわけがない。

半年前、未雲はこの男とはずみでキスをした。

つきあいはじめてしばらく経《た》ったとき、津久井は未雲を表参道のバーで行われる、友人の結婚式の二次会に誘った。

「え？　そんな内輪の集まりに、俺なんかがお邪魔しちゃっていいの？」

心を弾ませながら、それでも未雲は遠慮する、という態度を見せた。空気を読むというやつだ。

「平気。他の連中も、それぞれパートナーを連れてくるからね」

その言葉に、逆にプレッシャーを与えられてしまった。まさかそれは、ゲイ同士の同性婚などというものではあるまい。

「普通の男女のカップルだけど。僕の性的指向は、皆知っているから」

未雲には考えられない話だった。八歳の年齢差は、大幅な環境の差をも生むのだろうか。そうではなく、ただくだんのカップルのキャラクターと、その豊かな人間関係によるものだとは、その場に赴いてすぐにわかったが。

さまざまな種類の男女が、ごちゃりと集まっていた。法則も特性もない……あるとすればさながら「人間博覧会」の様相を呈している、というところだろうか。

彼らの中には、好奇心をあらわに未雲たちを眺めるだけの者もいたし、屈託のない様子で声をかけてくるのもいた。津久井は全員と親しいというわけでもないらしく、話しかけられれば応じたが、べつだん話しこむこともなく、求められた相手にだけ未雲を紹介した。

華やかなドレス姿の女たちが、興味しんしんといったていで積極的に未雲を囲んだかと思えば、意味ありげな視線をずっと送り続けているくせに、近づいてこようともしない男がいる。何歳？　十九？　やだ若い。いいなあ、お肌ぴっちぴち。久しぶり、津久井くん。ねえねえ、これちょっと食べてみて。

屈託のないのは、主に女客のほうだった。ひっきりなしに話しかけられて、未雲は愛想笑いとうまい返しとしくじってはいけないというプレッシャーとで酸欠を起こしそうだった。本日の主役である新郎新婦に挨拶《あいさつ》すると、津久井が「そろそろ帰ろうか？」と囁《ささや》いてきた。ほっとしたとき、新たな声が黄昏、と呼んだ。背の高い男だった。津久井は立ち止まり、ツン、と応じた。

「今来たのか」

「近くまで来たんだよ。そういえばと思い出した」

ツン、と津久井に呼ばれた男は、ちょっと立ち寄ったというふうに答えた。およそ友人の結婚披露パーティに顔を出す態度ではない。それどころか、ポロシャツにチノパンという、普段着に近い服装だ。津久井ほどには整った顔立ちではないが、大きな口と肉厚の唇が印象的な風貌。

「あいかわらずひどいなあ、きみは」

津久井が苦笑するのを見て、未雲は男に敵意をおぼえた。あまり笑わない恋人が、ごく自然な感じで顔をほころばせる相手……たとえ苦笑であっても、その自然さが胸を焦がす。

積田隼介、と紹介された男は、目を瞬《しばたた》かせて未雲を見た。中学高校と同じ学校で、進学のために上京したというから、もうかなり長いつきあいなのだろう。主役カップルは、津久井と同じ大学のゼミ仲間で、同郷ではない。ということは、積田は学生時代に津久井の紹介で彼らと知り合ったわけか。津久井はそんなふうに人間関係を広げていくタイプではないと思っていたから、意外だった。

「――社交的というか、人たらしってやつかな」

たちまちのうちに、他の招待客のグループに呑みこまれていく積田を振り返り、津久井は言った。

「一度会ったら、また会いたくなるらしいよ、ツンには」

中学時代から、ずっとあんな感じ、とまた口角をくぼませる。

「ふうん。人気者か……」

なにもしなくても人に好かれるというのは、羨《うらや》ましく思えないこともない。

事実、積田のことを語るとき、津久井も自然に笑顔になる――そちらのほうは、ちょっとムカついた。自分は積田という男に、もう一度会いたくなんてならない。むしろ、津久井に近づかないでほしい。

会場である白金台のレストランを出てすぐに、津久井はタクシーを捕まえた。アルコールを口にするから、今日はタクシーで移動している。やっと二人だけの時間になる……未雲は安堵《あんど》した。肩のこわばりも、じきに解けるだろう。

結局、府中行きは無駄足に終わった。

なにも本気で、そこへ行けば津久井が見つかると思ったわけではない。そんなに都合よく、ことが運ぶわけがない。でも……。

がっかりしているのは、少しは期待していたからなのだろうか。

浴槽に身を沈めながら、未雲は今日のできごとを頭の中で辿っていた。

しかも、今日は開催日でもなく、競馬場の中にも入れなかった。

嫌でも、津久井と訪れたときのことを思い出してしまう。はじめて見るレースは、一番人気が優勝するという結果に終わった。大穴狙《ねら》いで馬券を買った未雲はがっかりしたが、一枚しか買っていないから、的中したところでたいした利益は得られない。

津久井の予想も外れて、顔を見合わせると肩をすくめた。レース中の昂奮《こうふん》はまだ冷めやらず、周囲の客たちはウィニングランをする勝ち馬に手を振ったり、口ぐちに名を叫んだりしている。

殺気立った雰囲気や怒号は怖かったが、外れ馬券が桜吹雪《ふぶき》みたいに舞い散る光景は、ほんとうにあるのだなと思った。あれはテレビ的な演出でもなんでもなかったのだ——むろん、演出のはずはないのだが、肉眼で見てもやっぱり、ドラマのワンシーンみたいだった。

「外れたから、今日は牛丼だな」

通路の階段を上がっていきながら、珍しく津久井が冗談を口にした。

——あの日のことは、もう記憶の中にしかない。最初から、記憶の中のできごとでしかなかったような錯覚さえする。ほんとうは津久井黄昏なんていなかった、そういうことならあきらめられるのに。

ぽちゃんと、湯がはねる。

人気《ひとけ》のない競馬場を後にして、帰りは無口なドライブになった。積田がよけいなことを言ったりやったりしなかったのが、せめてもの慰めだった。「やっぱり見つからなかったな」だとか言われたら、逆上するかほんとうに泣いてしまいそうだった。

積田の顔が浮かぶと、未雲の脈拍は少しだけ速くなる。でかくて明るくて飄々としたあの男のことを、どう考えていいのかわからない。意識はさらにさかのぼる。

白金台の結婚パーティがあってそういくらも経たない頃、積田が「ソレア」にやってきた。そう、あれは去年のちょうど今ごろだった。

夏物のセールが始まっていて、未雲がバーゲン用の商品に赤い値札をつけていると、見覚えのある姿が視界を過った。

目を上げたのと、その人影が、少し向こうで「おっ」と立ち止まり、そのまま後ろ向きに引き返してきた。

「よう、こないだはどうも」

たしか積田とかいった。ツン、と呼ばれている。一連の動作が、なんだかドラマに出てくる人みたいだなあと思いながら、未雲も簡単に挨拶をした。まるきり知らない相手ではない。なにより、津久井の友人だ。

「こんにちは。お近くだったんですか？　その——会社のほう」

積田が抱えたビジネスバッグをちらりと見てから問うと、いやいやと手を振った。

「会社は方向違い。外回るのが仕事だから」

「そうですか」

特に興味もない。未雲は、無愛想にならないように気をつけながら言ったが、ちょっとそっけなさすぎたかもしれない。

「さっき、黄昏のところに顔出したんだけど」

気にしたふうもなく積田は続け、津久井の名を聞いて未雲は目を上げた。

「なかなかいけるスイーツの店があるんだって？」

「ええと、何軒か入ってますけど、三階に」

戸惑いつつも、未雲が人差し指を立てると、

「ちょっとつきあってくれる？　えーと、マブチくん」

「未雲でいいですけど……俺に？」

ますます不審が募る。それとも、津久井がそう勧めたのだろうか。

「そういうのは、未雲ちゃんのほうが詳しいって、奴が」

「……詳しいというか」

たしかに、津久井よりも甘いものは食べるほうだ。どこの店の何が旨《うま》い、みたいな情報もそこそこ持ってはいる。だが、この文脈だと、自分だけが甘味好きのお子様だと言われたように聞こえる。つきあうようになって一年だが、八歳の年齢差が必要以上に未雲を背伸びさせている。

積田は津久井と同級生だから、やはり八歳上だ。だが、受ける印象はずいぶん違う。どちらが年相応かというような話ではなく、青白い月の光を思わせる津久井に対し、積田はぐんぐん伸びて、ぱっと咲いた大輪のヒマワリみたいだと思った。

とはいえ、ちょっと強引だ。未雲は振り返り、店の中の時計を見る。

「——十二時から休憩に入るので」

いずれにしても、津久井がそうしろと言ったのなら、断るわけにもいかなかった。

「お、わかった。じゃ、そこの先の……や、喫煙スペースってこの中にある？」

「ええと、その先のフードコートを抜けたところに。ドアにタバコのマークがついているので、すぐわかると思います」

喫煙者なんだ。ぐいぐい遠ざかっていく広い背中を眺めながら、なんということもなく未雲が考えた。津久井よりひと回り大きい体格が、やはり月と太陽の対比を思わせる。

それだけのことで、積田に特に関心を惹《ひ》かれたわけではなかった。ところが十二時になって、気乗りのしないまま喫煙所へ足を向けた未雲の前に、ふっと津久井が現れた。

「あ」

「休憩だろう？　僕も今からなんだ」

一緒にランチを摂《と》れる！　未雲は頭上に虹が出たように感じたが、すぐに思い出す。

「でも、さっきツン――積田さんがきて」

「いいスイーツの店に案内しろって言った？」

「そうなんだけど」

そもそも、津久井が積田に、未雲が案内すると言ったのだった。知っているのも不思議ではない。

「行こう」

「え？　あの、積田さん」

「上で待ってるって」

「…………」

津久井が口にした名は、館内でも人気のパンケーキの店だ。すると積田は、自力で有名スイーツの店を探し当てたのだろうか。じゃあ自分はもう必要ないんじゃないか。しかし津久井は、さっさと先に立って歩き出す。エスカレーターで三階まで上がった。

時間帯が時間帯だけに心配したが、あんのじょう店の前には行列ができていた。五分や十分で伸びる長さではない。なのに積田の姿が見当たらない。

未雲が当惑していると、店の前のシートに腰かけていた二人連れの女客のうち、一人がさっと近づいてきた。

「『プティ・シモール』の人だよね?」

「え? あ、はい。ええと――」

うちの客だったかと、未雲が忙しく頭の中のかなりまだ不完全な芳名録を捲ると、相手はにっこりして手にしたなにかを差し出してきた。

それは積田の名刺だった。「積田隼介」と真ん中にあり、右端には有名な商社の名が印刷されている。その間に「食料事業本部」という文字が読み取れた。

「時間がないっぽかったんで、あたしたちと順番代わったんです。中で待ってますって」

「――へ? いや、あ、どうも。なんかすみません……」

状況を理解して、未雲はもうしわけない気持ちになった。彼女らは、恩着せがましい様子でもなくニコニコしている。スマホの画面を覗きっこしているのは、まさか一緒に写真を撮ったとかでは……？

疑いがよぎるが、問い質《ただ》すわけにもいかない。積田の行動を、根掘り葉掘りするようないわれもない。未雲は急ぎ足に店の中に入る。先に入店した津久井が、入口の近くで待っていた。事情を素早く察知したのだろう。面倒ごとを避けたい性格なのは知っているが、女たちの対応を任されるのは未雲には荷が重いことを、もうちょっと考えてくれてもいいのではないかと思う。

そして、混み合う人気店の奥には、四人掛けテーブルの一辺を占めた男が、牢名主のような貫禄で二人を出迎えた。

「遅い」

「おまえと違って、こっちは定時になるまではフロアに張りつけなんだよ」

腕組みをした牢名主に一瞥《いちべつ》をくれ、津久井はつれないセリフとともに椅子を引く。未雲を先に座らせてから、自分も腰を下ろした。

「ははは。悪いなあ。直行直帰、ときには出社しないで帰宅する、そんなデラシネ社員で」

「しゅ、出社しない……？」

「冗談だよ。彼は、万事この調子だから」

津久井は、積田のペースに巻きこまれそうになる未雲を、するりと救い出した。

「だけど、俺が先にきててよかっただろ？　なにあのクソ行列、晩飯食いにきたんじゃないっての」

「そんなクソ行列のできる店を選んだのは、自分じゃないか」

「まあ、そうなんだけどね」

「おまけに、ひとを巻きこんで」

「え？　彼女たちのことなら、向こうから譲りましょうかって言ってきたんだが」

「そっちじゃないよ」

ここへ至ってようやく、未雲は、積田がある意味、気をきかせてくれたことを知る。津久井は、未雲のことを考えて積田が誘ったらしいと。ほとんど初対面の相手と、差し向かいでカフェのランチ。たいていの人間にはハードルが高いだろう。

意外と心遣いのできる男だ。印象をあらためため、いや、と未雲は気づく。ということはつまり、よほど自分が嫌そうな顔をしていた、のではないだろうか？　接客業も一年やって、愛想笑いも板に着いてきたつもりだったが。

積田に対する好印象が、自己嫌悪に繋《つな》がって、未雲はきまりが悪い。

「まあまあ、きみたち。とっととオーダーしたまえ」

と言うからには、積田はすでに注文を済ませたのだろう。未雲はあわてて、メニューを開く。昨年、ハワイの人気店が表参道に日本第一号店をオープンし、話題を呼んだ。その大成功をみてか、次々と有名店が飛来し、あの辺りは今、大変なパンケーキ戦場と化している。

そんな中、最初にブームの端をひらいた店が、「ソレア」に二号店を作ったのだった。つい三か月ほど前のことで、流行ものに飛びつく客たちの熱はまだまだ冷めやらないというわけだ。

三種のベリーにホイップクリームを乗せたセットを選んだ未雲の隣で、津久井はシンプルなメイプルシロップだけのパンケーキをオーダーする。セットドリンクは、二人ともアイスコーヒー。

追加オーダーと入れ替わりで、積田の前にはアイスティが置かれる。グラスと呼ぶには、あまりに巨大な容器に、未雲は内心目を剝《む》いた。

かきいれ時でこの人気だ。スタッフの動きも素早い。ほどなくして、オーダーしたものがテーブル狭しと並んだ。こんもりと盛り上がったホイップクリームに、イチゴやブルーベリーがこれまた気前よく盛られ、たっぷりのメイプルシロップがかかっている。

「よくそんな、歯が浮くほど甘そうなものを口に入れられるな」

積田のパンケーキには、バナナとバニラアイスが二つもトッピングされている。さらに大量のホイップクリームは言うまでもなく、メイプルシロップとチョコソースが格子状になっていた。

「スイーツの流儀さ」

津久井の皮肉にも、積田は平然としている。

「だいたい、スイーツな店にきて、なるべく甘くないものを頼もうっていうほうが失礼じゃないか」

「甘いものがお好きなんですか?」

未雲が問うと、どこか「クレイジーシャッツ」の猫のイラストに似た顔で、にまっと笑った。全体的にパーツがでかいが、とりわけ口が大きい。

「酒の次ぐらいには」

予想外の回答に、未雲はやや面食らう。甘味とアルコールは、未雲の中では両立しない取り合わせだった。

「こいつは節操ないからね」

驚く未雲に、津久井が教える。

「なんだっけ、スイーツは……」

「スイーツは、最初の一口」

友人の言を引き取って、積田は笑う。

「そして、アルコールは四杯めから。至福のときの話な」

「ふた口めからは、至福じゃないんだ……」

しかも、酒は四杯め以降ずっと至福なのか。

「大丈夫、全部食うし」

「あたりまえだよ」

呆《あき》れ顔をされても、まったく動じる気配がない。津久井とだいぶタイプが違う。友人関係とは不思議なものだ。

未雲もスプーンでホイップクリームを掬《すく》い、口に入れる。直前の講釈を聞いたせいか、最初の一口、を意識した。

甘さが、口一杯に広がっていく。メイプルシロップの風味が、なんとも芳《こう》ばしい。そこへ、ベリーの酸《す》っぱさがほどよく効いて、なるほど至福のときとはこれかと思う。

「幸せそうだね」

津久井の、冷やかすような声音に我に返る。どんな顔をしていたのか、と未雲は焦った。

「この幸福を味わえないってほうが、不幸だ」

目の前で、積田が笑っていた——。


——そう、笑顔。

めったに笑わない津久井とつきあっているせいか、積田の笑顔はより深い印象を未雲の記憶に刻んだ。

パーティで会っただけなら、どうでもいいその他大勢、の中の一人に過ぎなかっただろう。

今だって、特別ななにかを感じているわけじゃないけど、と未雲は急いで頭の中に聞こえた声に追加した。

大雑把《おおざっぱ》でいいかげん。「まあまあ、いいじゃん」みたいなことをよく口にする。

だからといって、がさつな男というわけでもないから、どう思っていいのかわからないのだ。困る。

今日だって、休みなのにわざわざ車を出して、府中までも連れていってくれた。

特別なんかじゃない、などと言えるだろうかと、最前の自分を再度否定する。津久井を通してだが、つきあいが続いた。積田は、未雲への好意を隠そうともしなかった。

ただ、積田は誰とでも親しくなるタイプだから、特別じゃないのはむしろ、積田にとっての未雲のほうかもしれない。

こうして、どうにか積田との距離を広げようとしている。あのキスがなければ、きっとこれまでと同じように、迷惑がりながらも積田を受け容れられた――彼氏の友達として。

要するに――津久井なのだ。

すべての元凶。

浮気ばかりするからだ。あの、不実な男。

未雲はもう一度、指で湯を弾《はじ》いた。いったい、どこに行ってしまったのだろう。

湯の表面をすべらせた指を、そのまま首筋に持っていく。うなじの辺りに触れた。津久井の指先を思い浮かべると、爪にぽつんと火が点《とも》ったようになる。今日で何日、触れられていないことになるのだろう。最近は、一緒に過ごしていてもあまり身体を重ねることがなくなっていた。始まった頃に比べると、というだけで、まったくのセックスレスだったわけではない。

未雲は特にそれを不服に感じてはいなかった。たとえばカウチに並んで、DVDを観《み》るとき……触れ合った肩から津久井の体温が伝わってくれば満足したし、キッチンに立つ津久井に後ろから抱きついて、窘《たしな》められるだけで楽しかった。幸せだった。そりゃあ、二年前、魔法にかかったみたいだったあの夏からは、ずいぶんと二人の間の温度は下がっているかもしれない。だけど、それが安定ということなのではないだろうか。

気まぐれな津久井は、実にあっさりと浮気をした。未雲にすまないなどと、思いもしないみたいだった。

誠意がないぐらいだから、罪悪感だってないのだろう。だが、もっとも足りないのは道徳感だった。呼吸をするように、誘われれば応じる。どんなスキモノだよ。

最初は怒り、不安をおぼえていた未雲だが、最近ではもう馴《な》れた。浮気といっても、たいていの場合、津久井は一度で終わりにする。新しい相手と続ける気はないようで、膨れる未雲に、ちょっとしたプレゼントとともに心のこもらない懺悔《ざんげ》をするのだった。

なら、しょうがない……他の誰かを好きになったわけではなく、恋人以外とするセックスが大好きなだけだ。気持ちまでもって行かれていないなら、それで。

妥協に妥協を重ねて、それが未雲の結論だった。ある日突然、津久井が消えてしまうなどとは予想していなかった。とうとう、気持ちもどこかへ行ったのか。

未雲は喉《のど》を反らせた。胸の尖《とが》りを摘みながら、いっぽうの手は下肢に向かっている。兆したものを捉え、津久井の指の動きを思い浮かべながら、ひっそりと己の欲望を扱《しご》く。

……津久井の唇が、鎖骨を柔らかく食《は》む。そうしながら、窪みを舐《な》められると、未雲の官能は嫌でも掻《か》き立てられた。そんなところが悦《い》いなんて、津久井にされるまで気づかないでいた。

さまざまな「自分」を知らされる……手練《てだ》れの男に弄《もてあそ》ばれて、それまで知らなかった淫《みだ》らな部分が暴かれていった。

津久井とのセックスは、だから、未雲にとって少し怖かった、正直に言えば。

自分がどれほど欲深いかなんて、進んで知りたい奴はいない。

バスタブの中で、ゆるゆると未雲は上りつめて行く。自分でするのなんて、いつ以来だ。相手もいないのにイクとかみっともないし、誰にその顔を見せる？ だけど名前を呼ぶ、あの声。唆《そその》かすように、耳の傍でそっと蘇った。未雲……そして耳朶《みみたぶ》にまた、かすかに歯をあてる。

クライマックス寸前で、どうにか理性を動員し、未雲は立ち上がった。

手の中に受けた精液をシャワーで流しながら、「ほんとに意味ない」と呟《つぶや》く。津久井を想

う虚《むな》しさは、今にはじまったことではないが。

次に会ったら、思いっきり詰《なじ》ってやろうと思う。罵倒《ばとう》して、悪態をつきまくり、蹴りも入れてやろう。自分がどれだけ悪い男であるか、津久井は一度、本気で思い知る必要がある。

そんな日は、しかし訪れるのだろうか。濡れた身体をバスタオルで大雑把に拭き、未雲は考える。

虚しいといえば、今日の府中行きだ。積田はあの調子で、「来週はマザー牧場な」と、言ったからにはまた楽しいドライブに連れて行ってくれるだろう。

そしてさらに、虚しくなるだけだ。マザー牧場は断わろう……、いや、積田に協力を仰ぐことも。

頭を振って水気を飛ばしながら、未雲はそう決めた。

3

季節はこれから、ますます暑くなっていこうとしているのに、ショップ的にはバーゲンの時期というのはどうなんだ。去年も思ったことを、未雲はまたしみじみ感じている。

「未雲、そっちはバーゲン品じゃないから！」

美也子の鋭い声に、未雲ははっとした。手にしたカットソーは、たしかに秋物の色とデザインである。

「もう、どうしたっていうの？　最近変よ、あなた」

美也子は近づいてくると、未雲からカットソーを奪った。その後、こちらを覗きこんだときは、母親の顔になっている。モールは開店時間を迎えていた。

「――秋だから、しかたないよ」

「なに言ってるんだか」

「店長、表情に出してるよりずっと、心配してるわよ？」

その後、美也子がバックヤードに引っこんでから、雁金がそう話しかけてきた。

未雲は、清楚《せいそ》なナチュラルメイクの顔を見つめ返す。

「え、そうなんですか？」

「そりゃ、もう。家でもあまり会話がないんですって？」

「そ——そうだったかなあ、そんなことないと思うけど……」

「私も心配、弟が元気ないみたいで」

雁金には、十歳違いの弟がいるのだ。まだ高校生で、悩みはバスケット部のレギュラーポジションを取れるかどうかということだけらしい。体育会系なのだ。

「脳みそまで筋肉みたいな子だけど、それだけにきっと、ひそかに悩みそう、なにがあったのかしらって」

「訊いてみればいいんじゃないですか、そのときは」

「失恋でもしたの？」

未雲は無言のまま、持っていた売り物のネックレスを取り落としそうになった。じゃらんと、手の中でチェーンが音を立てる。シルバーチェーンに、クローバーや蝶や象や鍵《かぎ》などを象《かたど》った、幾つものチャームがついたデザイン。チャームは取り外せるようになっており、組み合わせ次第で華やかにも、またシンプルなシルバーアクセサリーにもなる。

かなり使い道がありそうで、バイヤーが特に自信をもった一品だった。売りに出す前に壊すところだったと、未雲の背筋は一瞬、冷えた。

「大丈夫？」

雁金が、手を差し出しながら笑っている。素直にネックレスを渡し、未雲は、

「してませんから、失恋とか」

言いながら、雁金の口から美也子に伝わることを期待した。

「っていうか、訊けばいいっていうのは、雁金さんが弟にっていう意味で」

「わかってますよ、そんなこと。だから、今のは予行演習？」

いたずらっぽい目つきで返してくる、年上の女。これはこれで、謎《なぞ》である。己の技量には
どうにもあまると、未雲は通りのほうに視線を移した。朝いちばんでモールに入ってきた客
の姿が、ぽつぽつ通路に現れてくる。今日も、忙しい一日になりそうだった。

それでも、接客中にはへまをやらかさなかったのは、二年近い経験のためだと思いたい。
少し残業になってしまった。未雲は疲れた身体を引きずって、通用口から外に出た。暦では
残暑らしいが、おそらくあと二か月近く続くであろう炎天は、晩夏とは呼べない。
そういえば、津久井も夏嫌いで、出会った頃はその後よりもずっと不機嫌そうだったと思
い出した。
なぜだかひどく昔の……ずっと前に終わってしまったことを思うように感じている。そう
いう自分が、もうあきらめてしまっているのか、それともまだまだこんな気持ちを引きずっ

ていくのだか、未雲にはわからない。残暑とはこれか。形の上では終わっているのに、体感としてはなくならない、そういうことを指すのなら。

肌にまとわりつく、むっとした大気をかき分けるようにして歩き出す。

「そこのきみ、今ヒマ？」

ぎょっとした。またか。

「……あんた、ストーカーなわけ？」

質問に質問で応じると、積田はにやりとしたようだった。

暮れかかった駐車場を、大股に歩いてくる。どこに潜んでいたのだろう。見馴れたキャメルの、高級そうなビジネスバッグ。

「おう。そんなもんさ……って待て待て待て、未雲」

呼び捨てかよ。捨て置いてダッシュしかけた未雲の腕を、積田がぐっと摑んでくる。

「まあ、そう嫌そうな目で見んな。さすがの俺でもへこむ」

「……ごめ――」

「なんちゃって。反省した？　反省した？　ねえねえ……いや、だから待って」

焦っているのは声色《こわいろ》だけで、積田はひょいひょいと未雲の蹴りを躱《かわ》した。いとも簡単そうにだ。むかつく。

「なんなんだよ！」

結局、逃亡をあきらめることになる。未雲はじろりと、見下ろしてくる双眸《そうぼう》を睨んだ。

「なんなんだよって。だって、そりゃ気になるでしょうが、あんなメールもらっちゃ」

積田は、上着のポケットから見覚えのある携帯電話を取り出した。ガラケーな上、将棋の駒のストラップつきだ。しかも、香車。そんな渋好みなグッズが作られていることが驚きだ。

「……見せられなくても、知ってるよ。自分が出したメールぐらい」

「『日曜日の件は、もういいです。今までありがとうございました』――おまえが俺でも、びっくりしない？　なんだよ、今までって。どうなるんだよ、これから」

「だから……」

たしかに、なんか思わせぶりだな、と感じなくもなかった。しかし、送信ボタンを押してしまった後である。まさに今、後悔している。こんなものを呼びよせる鹿ホルンの働きをしてしまうとは。

「……もう、探さなくていい」

「黄昏のこと？　いや、他にはないだろうが――見つかったのか、あいつが」

未雲は黙ってかぶりを振った。こちらに訊ねるまでもなく、積田のほうがよく知っているくせに、と思う。

「じゃ、なんだ？　あきらめて、俺とつきあう？」

「そういうのいいから。っていうかさ。意味なさすぎるじゃん。どうやってマザー牧場で黄昏の手がかりを掴むわけ?」

積田は、肉厚の唇を曲げた。無駄に色っぽくて、なんとなく疾《やま》しい気になる。

「そりゃ、無理だな。場内アナウンスで呼んでもらう? ――たとえ牧場のどっかに潜んでいたところで、迷子コーナーに現れるわけもない」

「……自分だって、もともと無理だと思ってんじゃないか」

「いや。そこは、愛の力でなんとかなるかと、なるわけないか。それで、どうするんだよ、未雲ちゃん」

「どうしようもないけど、ツンとつきあうことはないから」

未雲は、それで話を切り上げるつもりだった。ところが積田は、未雲の行く手を絶妙な動きで阻《はば》む。長身で体格がいいから、未雲からすると壁に遮られたのと同じことになった。

「――ストーカーかって」

「だから、そうだって言ってんじゃねえか」

未雲の渾身の睨みなど、まるで通じない。肯定されてしまうと、次に言えるのは「やめろ」ぐらいのものだが、そんな拒絶も、通じないことはわかっていた。

「まあ冗談はさて措《お》き――」

「ほら」

思わず未雲は言った。あ、と思い直す。今の言い方、冗談じゃ不満だって言ったみたいに聞こえないか？

「——ともあれ、無事ならよかった」

しかし、未雲のつぶやきが聞こえなかったかのように、積田は飄々としている。

「なんだよ。俺が早まるんじゃないかとか、そんなことを心配したわけ？」

「ああ。心配しなくもなかった」

自分は、そこまで思い詰めているように見えたのだろうか。未雲は険を解き、積田を見上げる。

と、顔の筋肉がぴくぴくとして、積田は軽く咳《せき》払いした。

「じゃ、無事を祝して飯でも行くか？」

「なんでそうなるんだよ」

「せっかく、ここまで来たんじゃないか」

「あんたが勝手に来ただけだろ」

「うわあ、どSだ」

「ど、どこがどS？　普通の反応だろ」

「黄昏の前じゃ、まるで借りてきたチワワなのに？」

なんか間違ってるだろうと思いながら、未雲の心臓は騒いだ。そんなふうに、とまた考えた。そんなふうに、見えていたんだ……。

用法は誤りだが、猫ではなく犬にたとえられたことで、動揺している。未雲は、そういう自分に気がついている。

そもそもの未雲は、強気で自己本位な面もある。前につきあっていた相手に対しては、横暴にふるまっていたと思う。踏みつけこそすれ、尻尾《しっぽ》を振って飼い主にじゃれつくようなことは……いや、そもそも相手に「飼われている」だなどと感じたこともない。

それが。いつのまにか、見下される側か。自嘲の思いがこみ上げて、唇を震わせた。

「なにニヒルになってんだよ」

大きな手が、いきなり未雲の頭を摑んだ。

「なってねーよ。なにがニヒルなんだよ」

自虐の笑みを浮かべただけだ。そう見えるのは積田の勝手だ。そう、未雲と津久井の関係を、飼い主と犬だという見解を抱《いだ》くのだって。

「まあまあ。肉でも食う？」

「嫌だ。フグじゃなくちゃ」

「ってねえ、あなた。またご無体を……せめてアンチョビとかにしない？　世界の三大珍味さ」

「……馬鹿にしてんの？　なんでアンチョビが三大珍味なんだよ」

「あれ、気づきました？」

「やっぱ行かない」

未雲はつんとして、踵を返した。

「いいよ、わかりました。フグ食おう」

「どこで食えるんだよ。冷凍とか遠洋とかは、認めないからな」

「うわー。舌が肥えていらっしゃる。さすが」

しかし、積田と交わす、どこか力の抜けたやりとりで、未雲の気分がだんだん上向いてきたのもたしかだった。

支えてもらってる、んだろうか。

並んで歩く男を、未雲はちらりと見、すぐに視線を落とした。

認めたくない、ツンの功罪のうちの、功のほうなんか。

半ば意地みたいにそう思い、なんでそう我を張る必要があるのだろうという気にもなる。

キスしたからだ。きっとそのせいだ。あんなことがなければ、案外今ごろ、積田とくっついていたりして？　自分で考えたことに、嫌悪をおぼえる。そんな簡単なものじゃないだろう、恋愛は。一つダメになったからって、すぐに次の吊り革に摑まるわけにはいかないのだ。

だいいち、積田が未雲にそう言ったのだ。

二月十四日、半年前のことだ。バレンタインデーだからどうこうということは、すくなくとも津久井と未雲の間にはない。しかし、雁金と常連客二人から、計三個のチョコレートを未雲ももらった。いずれも義理気味なのも、残念ではない。

その日にデートの予定が入っていたのは、だから偶然である。雁金とシフトを交代したため――だからか、義理とはいえチョコレートはゴージャスだった――未雲は翌日が公休だった。そして津久井の公休はバレンタイン当日だった。

いつもなら、わざと時間をずらして上がり、店で合流という段取りで落ち合う。今日は津久井が自宅から直行なので、カモフラージュという言葉が伴わない。それだけのことで、なんだか嬉《うれ》しい。スキップなどするはずもないが、未雲の気持ちはそのぐらい浮足立っていた。

しかし、約束していたダイニングバーに、津久井は十分過ぎても現れなかった。なにかと不実だが、時間だけは守る。やむを得ず遅れる場合は、携帯に連絡を入れる。

そういう津久井が、無断で遅刻する？　二十分過ぎに時間を確認し、ウキウキからハラハラに未雲の気持ちはグラデーションしていった。さらに三十分。もう、イライラなどという段階ではない。

それでも、一時間は待った。

ありえない。つきあいはじめの頃なら、事故にでも巻きこまれたかと心配したかもしれない。

だが、未雲にはもうわかっている。津久井が約束をすっぽかしたのも、その理由も知っていた。

まただ。また、浮気の虫に取り憑《つ》かれたのだ。

すでに何度の裏切りに遭《あ》っただろうか。驚きはしないけれど、馴れることもできない。あ、また、と虚しさが喉元にせり上がってくるだけだ。その塊《かたまり》を押しこむように、未雲は手当たり次第にカクテルを口にした。

悔しい。突然、その感情が衝《つ》き上げた。三杯目のグラスが空きかけていた。バレンタインデーだからって、特別視しているわけではない。いつだろうと、約束をすっぽかされて腹を立てずにいられるだろうか。二十歳になった未雲だが、大人の分別なんかまだまだ身につけたくはない。

復讐してやろうと、携帯電話を取り出した。ちゃんとつきあったのは一人だけだが、出入りしていた店の常連の中には、未雲を口説《くど》こうとしていた男が何人もいる。自分ばかりが我慢する必要があるだろうか。

しかし結局、未雲が選んだ番号は、積田隼介のものだった。津久井の親友という立ち位置は、復讐に使うのにはうってつけだし、むこうも未雲を悪く思っていないと感じる……だが積田は、ゲイではない。引っかかるとすれば、そこだ。それでも積田を選ぶ。津久井に急用ができて一人で呑んでる。つまらないから、よければ一緒にどう？　通話モードでつながらなかったので、そういう内容のメールを送った。

送信した後で悔やむのは、その前にもその後でも、何度か未雲がやらかした小さな失敗だ。積田を誘ったことではなく、安全な相手を選んだ自分の卑小さがいまいましいのだ。積田なら、浮気なんかしていないよと堂々と言えるし、それが嘘にはならないだろうという意味での安全パイ。言い抜ける道を残しておくところが、狡《ずる》いというかせこいというか。

しかしあとの祭りである。返信がこないので、少しほっとしながら三杯目を呑み干したとき、

「やあやあ。すっぽかされたとは気の毒に」

明朗な声が響いて、長身がテーブルのすぐ傍からこちらを見下ろしていた。

「す、すっぽかされたなんて言ってないだろう」

内心の動揺を押し隠し、未雲は言い返す。

「そうだっけ？　黄昏ならそれも珍しくないからさ。俺、誰かと間違ったのかもな」

勘違いのわけがない。最初から決め打ちじゃないか。むっとしたが、この男を呼び出したのは自分だという事実。

まっとうな勤め人らしく、積田は未雲が見るときはいつも、身体にあった仕立てのいいスーツ姿だ。まさかオーダーメイドではないだろうが、いかにも一流商社勤務のエリート然として見える——黙っていればの話だが。

バレンタインデーだといったって特別なことはないと言いつつ、未雲はひそかに気合いの入ったジャケットとパンツを選んだ。デートの予定だったのだからあたりまえだ。しかし、その結果、傍目《はため》にはお洒落《しゃれ》な男二人連れ、に見えるかもしれないと思い、積田相手にそんな想像をしたことがなぜか悔しい。

そんな未雲の思惑を知るよしもなく、積田は向かいのスツールに腰を下ろしながら、

「黄昏の奴、また浮気しやがったんだねえ。気の毒に」

さらに思いっきり神経を逆なでしてくれた。やっぱり決め打ちだ。未雲はますますへそを曲げてしまい、ちょうど現れたウェイターに「ジンライム」と告げた。

積田はバーボンのロックを注文している。テーブルに視線をやると、

「なにか腹に入れたほうがいいんじゃないの。魚介と根菜のペスカトーレ」

勝手に注文する。いきなり炭水化物かよ、と思ったら、ガーリックトーストにピッツァマルゲリータ、じゃこの焼きおにぎりと、炭水化物の乱れ打ちだ。つっこむ気も失せる。

「なんですか」

軽蔑の視線を感じたか、積田は首を傾げた。

「なにも。よっぽど腹減ってんだなと思っただけ」

未雲はつんとそっぽを向いた。

「そりゃあきみ、今日も一日、働いたからねえ」

「アピールしなくたって、あんたが国立大出て一流商社勤めの、超エリートだってことは知ってるから」

「うん？　いや、べつに超エリートでもないだろ。就職戦線は超凍りついていてたけどな」

難関を、見事に潜《くぐ》り抜けましたと言っているようにしか聞こえない。しかし積田の口調には、自負や慢心の響きもない。そんな面で、この男を好ましく思っていなかったといえば嘘になる。

「そこで奮起したのが俺。仕事なんかなんだっていいやと、最初に内定くれた石屋にあっさり就職したのは黄昏」

「……友達ディスってんじゃねーよ」

初めて、嫌味な奴だと思った。積田はのほほんとした顔のままではあるが。

「べつに貶《おとし》めようってんじゃない。事実を述べてるだけ」

「だって、あんたのほうが黄昏より百倍もいい会社に入ったのは事実だろ」

「彼氏ディスっちゃいけないなあ」

完全に一本取られた。未雲はぐっと言葉に詰まる。つい口にしたが、言ってはいけないことだった。

「つうかさ」

未雲を鼻白ませた後、積田は言いかけた。そこへ二つのグラスがやってくる。

「ひょっとして、四杯めだったりする？」

無理やり乾杯させて、積田が言った。

大当たりだが、どうしてわかったのだ。

そんな思いが顔に出ていたのだろう。「ビンゴー」と指を立てる、豪快な笑顔にもはや、逆らう気にもならなかった。

思い出す。

「――酒は、四杯めから？」

たしか積田の信条だった。

「そうそう。だけど、未雲ちゃんの年で、そこまでわかんなくてもいいから」

「ガキ扱いかよ」

「違う違う。肝臓を労《いた》わる的な話だよ」

「あんたに言われたくない。どうせ、俺は大人だからいいとか躱すんだろ」

「いやいや。俺もまだまだ修業中です」

ほんとかよ。しかし、他意はないと言われて、あるはずだと詰め寄るのも、それこそ大人げない。

「で、さっきの続きは？」

未雲は話を変えた。

「さっきの？」

「つーかさ、って言ったきりなんだけど」

「あー……？」

積田は、なにかを思い出そうとするように、中空を睨んだ。

「――ああ、就職うんぬんのやつな」

「うんぬん部分を言えっつってんだよ」

「たいした話じゃない。黄昏と俺の、就職とか仕事に対するスタンスの違いだよ」

「あんたのほうが、まじめに将来を考えてるって？」

未雲の発言は、いきおい積田を責める方向からのものになる。絡《から》み酒っていうやつかもしれない。そう自覚して、やや気まずい。しかし積田は「んー」と楽しげだ。

「要するに、何に重きを置くかってこと。俺は、資本とか終身雇用とか、バリューにこだわったけど、あいつはべつだん肩書きなんかには興味がない。知ってる？　あの店、めちゃめちゃ利益率いいんだよな。店ってか、立派な企業だけどさ。いわゆるベンチャービジネスってやつ。社長が学生時代に起業して、まあそんなことはどうでもいいが」

積田は、ロックグラスをひと舐めした。

「だから、つまりギャラは変わらん。あいつのほうが上かもしれないな、今は」

「ふーん……」

そうとしか言えなかった。津久井の暮らしぶりを見れば、納得できない話ではない。住まいは立地がよく小綺麗《こぎれい》だし、外車に乗っている。都心のラグジュアリーホテルで食事して、そのままエグゼクティブフロアの部屋で朝までいっしょ、みたいなデートも何度かした。

津久井のことを考えると、胸を塞ぐものを忘れているわけにはいかない。そのスペックを利用して、いったいどんな奴をたらしこんでいるのだろう。今夜、未雲と過ごすはずだったデート。

それにしても、四杯めからが至福のときだと、たしか目の前の男がそう言ったが、未雲の四杯めはただ、頭がぐらぐらしてくるだけなのはなんでだろう。

ふわふわしているのに、ちっとも心が晴れない。屈託を抱えていては、何杯呑もうが至福のときなんか当分こないんじゃないのか。

そんなことを、八つ当たり気味に考えた。

「ま、奴とつきあってる以上、よくあることだ」

そこへ、そんな言葉が聞こえてきた。未雲は、はっと目を上げた。

積田の眸《ひとみ》が、思いのほか優しい。一瞬、その心の広さまで見えた気がした。

——気のせいだ。津久井にやられて弱っているから、ちょっと優しくされると、いい人認定してしまうだけだし、そもそも積田がいい男だからといって、どうだというのだ。本気で津久井から乗り換えるつもりもない。そもそも、積田にはその気がないのだし。

「同情なんか、してくれなくていいから」

だから未雲は、むすっとしたままそっけなく言う。至福どころか、むかむかしている。さらに憐《あわ》れまれるなんて、モブキャラでその他大勢のどうだっていい男から憐れまれるなんて！

「同情してるわけじゃないさ」

絡むような未雲のセリフとは裏腹に、積田の声はいたってクールだ。

「……じゃ、なんだよ？」

「いや、俺にしとかないか？　と」

「はあ？」

未雲は眉をひそめた。なんだ、今の。聞き違い？　そう思う間もなく、意外と穏やかな眸がぐっと近づいてくる。

そのまま、唇が重なった。未雲は目を閉じた。こんなときに、他人の温《ぬく》もりなんか直接感じるのはまずいんじゃないか、ととっさに頭に浮かんだ思いの通り、自分から求めるように舌を絡ませる。

口腔をくすぐる、誰かの舌先。恋人とは違う、タバコの味――。

ぎょっとした。その瞬間、我に返った。未雲はあわてて、顔をもぎ離した。

「な、なにすんだよっ！」

外で、見知らぬ客のいる店だということも忘れて叫ぶ。

「………」

積田の、深い色の眸。答えもせず、ただじっと見つめてくるから、いつもと違う雰囲気だから、未雲はさらにうろたえた。

「な、なにを——なんのつも、り……」

なかったことにしよう。とっさに計算が働いた。積田の本意がどこにあるとすれ、つい応じてしまった失態は拭《ぬぐ》えない。恋人にデートをすっぽかされ、やけ酒につきあわせた、どうでもいい相手と、酔ったはずみでつい唇を重ねてしまった。

よくある話かもしれないが、そこに己の意思を介在させるわけにはいかない。むこうが本命の友人だというのもまずい。

そこで取り繕《つくろ》う、猿芝居。背中に冷や汗をかきながら、未雲はテーブルに突っ伏してみせる。

「おいおい、大丈夫かよ」

言いながら、あわてたふうもない声。やはり、この男は頼れる……おかしなところに感心した。そう考えると、はずみでキス、までが自分のもくろみに入っていたような気さえしてきた。未雲はひたすら、泥酔したふりをする。

おかしな誤解を生むのは嫌だから、積田とキスしたことを、未雲は正直に津久井に申請した。次に二人が顔を合わせたのはその翌日だった。

未雲は公休日だった。前日の疲れもあって、昼近くまで寝ていたら、ようやく津久井からの着メロが鳴った。

ベッドでごろごろしていた未雲は、思わずはね起きた。液晶に津久井の名を確認してから、

「――はい」

応じると、

『未雲？　その声は寝起き？』

津久井の声だ。

前夜の所業を詫びるでもなく、むしろなかったものみたいに屈託なく話しかけてくる。その声色に、疾しさや後ろめたさは毛ほども感じられない。

腹が立たないわけはなかったが、津久井とはそういう男だ。

「まあ、今日休みだし」

いきなり詰ることもできず、未雲はごにょごにょと寝起きの声で応じる。

『外に出られないかな？　今日、上がった後に飯でもどうかと思ってるんだけど』

おい、昨日の件はどうなんだよと内心つっこんだ、そのタイミングで、

『昨日の埋め合わせに』

さらっとつけ加えるから、悪い男だとつくづく思った。

「そういうことなら、高くつくぜ？」

それでも、冗談半分に返す自分の健気《けなげ》さに泣ける。

『怖いなあ。もちろん、そのつもりだけど』

都心のホテルに入っている、何度か食事をした割烹を指定して、津久井は通話を切った。

さすがに昨日と同じ服装では気がひける。未雲は、薄いグレーのカットソーに、今年買ったジョッパーズを合わせ、革のダッフルコートを羽織った。

ちょっと甘口なコーディネートかなとも思うが、埋め合わせなのだからやる気の薄いなりをして行ってやれという思惑が働いたのだ。気合いを入れるのは、ちゃんと約束したときだけ——そんな、未雲なりの抗議など、津久井に通じるかは怪しいが。

待ち合わせの時間を五分ほど遅れて、未雲は店に入った。津久井の名を告げると、藤色のお仕着せ姿の仲居が奥へと案内する。こういう所に足を踏み入れるのにも馴れた。だが、案内されたのは個室だった。

津久井は先に来ていて、未雲が入って行くと微かに微笑んだ。

「もう来てくれないかと思ったよ」

「自分はすっぽかしといて、よく言うよ」

下手に出られても、甘える気はなく、未雲はつんと顎《あご》を反らした。

「フグのコースにしたけど、他になにか食べたいものは？」

「……白子の天ぷらつき？」

「もちろん」

じゃあそれでOK、と未雲は態度を軟化させる。フグに釣られるというのも情けない話だが、つんつんしていられる身ではない。津久井のものではない唇の感触とタバコの匂いが、口腔内で幻のように蘇っていた。

「昨日のデートは楽しかった？」

八寸をつつきながら、それでも嫌味を利かせた未雲に、

「それほどでも」

肩をすくめる。まったく、と未雲は津久井を睨んだ。

「俺をすっぽかしてまで一緒にいたかったんだろうに、楽しくなかったならご愁傷様だな」

「ああ。やっぱり未雲と過ごしたほうがよかったなと思ったよ」

この男は。しゃあしゃあと悪びれもしない。そういうものだと知っていても、どういう思考回路なんだとあきれる。

「あきれ顔」

そのまま表情に出たらしく、津久井は目を細めた。必殺の笑顔に、すぐ撃ち抜かれてしまう心が悔しい。

「ほんと、それ両方ともに失礼だよ」

「反省してます」

「フグの形の反省をね」

「うまいこと言う」

「…………」

「未雲は？」

ビールグラスに口をつけながら、津久井が訊ねてきた。

「なにが」

「昨夜。そのまま帰っちゃったの？」

反撃が来た。未雲はびくりとする。いや埋め合わせさせているときに、こっちが動揺するっておかしいだろう。己を叱咤《しった》するものの、こちらに百パーセントの理があるわけではないことを、未雲は自覚している。

そんなふうに考え、間を開けてしまったことで、嘘をつくわけにはいかなくなった。

まあ、一生黙っていようとも思っていなかった。未雲は目を上げた。

「一人じゃなかったよ」

「誰かといっしょだったんだ」

津久井の声に、僅《わず》かな非難を感じた。そのことに安堵している自分を感じ、未雲は決意する。

「ツンと呑んだ」

「ツン？　――へえ」

「だって、二人って予約入れてて、ジンライム一杯で帰っちゃ悪いだろ、店に」

「店にはね。なるほど」

「……怒った？」

「いや別に」

ちょっと突き放すような物言いに期待して水を向ければ、するりと躱す。しかも、どうでもいいと言わんばかりに。むらっと、苛立《いらだ》ちが未雲の心の水面を揺らした。

「ツンなら安パイだと思ってんだ？」

いきおい、思わせぶりな物言いになり、探るように津久井を見る。

「ということは、安全じゃなかったんだ？」

「いや。俺も、ツンなら呼び出しやすかったし」

「ひどいなあ」

フグ刺しが運ばれてきた。花びらのように綺麗に盛りつけられた薄造りに、未雲は思わず歓声を上げる。

「うわー、今年初めて。って、もうじき旬が終わるっての」

「生まれて初めて、じゃないところが未雲だね」

津久井の声が、苦笑をはらんでいる。え、と未雲は問い返す。

「どういう意味だよ」

「育ちがいいな、さすがっていう意味」

「べつに、それほどでもないと思うけど」

津久井が未雲の背景にあるものに言及するときの、どこか苦い——苦笑というのではなく——物言いに、いつからか未雲は気づいていた。東京の山の手育ち、というイメージになにか思うところがあるのだろうか。デリケートな話になりそうで、未雲はつっこまないでいるが。

「そんなお坊ちゃんなら、無理やりにでも大学に押しこまれただろうし、逆にニート生活を咎められることもなかっただろうし」

中途半端なんだよ、と未雲は育った家庭のことを言った。事実、そう思っているから、これは嘘ではない。父親が医師で母親は会社経営だといえば聞こえはいいが、実際には勤務医と、ショップを一軒持っているだけの社長というカップルなのだ。

「じゅうぶん、素敵な家族だよ」

「……そういう意味だったのか」

観点が「素敵」だったとは知らなかった。そういう津久井の実家はどんな感じなのだろう、といつものように未雲は思う。しかし、津久井がその話題を好まないのも知っている。

事実、

「それで、ツンとのデートは楽しかった？」

箸《はし》で薄造りをさらうように掬い取り、津久井は話を変える。

そこに戻ってしまったか。未雲は「うん……」と言ったきり、続く言葉をためらう。いざとなれば、こんなものだ。

「楽しいというか、ヤバかったかも」

結局、未雲が切り出したのは、希望した白子の天ぷらに箸をつけながらだった。二人の間には、すでに鍋の支度も整えられている。

「ヤバい？」

「俺、ツンとキスした、黄昏」

さすがに間がある。ただ、天ぷらを箸で切る手つきに、迷いはない。

「そうか」

「そうかって」

「なにか問題が？」

「……怒ったりしないの?」

「怒られたいの?」

切り返され、未雲は口を閉じる。そう言われてしまうと。機嫌を損ねようとして、津久井に明かしたわけではない。ただ、津久井たちの友情と、己の立ち位置をややこしくしたくなかった……というより、津久井に対し疾しさを抱えるのが嫌だった。後ろめたいままでは、積田に対する態度がきっと変わる。津久井がなにかを気づいてしまうよりは、自分から白状したほうがよさそうだと判断した。

「いや。できれば穏便に済ませたい」

津久井は、たまらずというように笑い出した。はからずも、笑顔を引き出してしまった。未雲はぼうっとしたが、反面、複雑でもある。どうすれば笑わせることができるだろうか、と日夜考えているといっても、ここは笑うような場面なのか? ——だが、津久井はひさびさに楽しそうだ。

「そんなに笑うことはないだろ」

未雲は、カワイイ路線で行くことにした。拗《す》ねたふうに唇を尖らせてみせると、津久井は喉をまだ鳴らしながら、

「未雲のそういう正直なところが、いいなと思ったんだ」

弁明なのだろうか、それは。

「いいなと思ったら、爆笑すんの？　――黄昏のそういうところ、まあ俺もいいと思うけどね」

その夜、最後の津久井のセリフは、「お気が済みましたでしょうか？　お姫様」だった。

未雲には、津久井のことがよくわからない。客観的には恋人同士かもしれないが、そういう気がしなかった。今も同じだ。

だいいち、愛《いと》しいと思う気持ちがあるのなら、黙っていきなり行方をくらましたりするだろうか、ほんとうに相手を恋人だと思っているなら。

狡くて不誠実。なのに、未雲の中にはまだ思慕がある。でも、未練の大部分は、こんな捨てられ方なんてごめんだという自尊心が占めているような気がする。

そういうのは、ほんとうの愛情といえるのだろうか。自分の心さえ、わからないのだ。

ハイツの外壁の半分を、夕陽が赤く染めている。後の半分は、斜めに影が落ちていた。真夏の夕暮れに佇《たたず》んで、未雲《みくも》は、もう津久井《つくい》の住まいではない建物を見上げた。何時間眺めていたって、津久井は帰宅しない。そういうフレーズが脳裏に浮かぶと、じゃあ、他に帰る家があるんだろうかという疑問が続いた。

未雲の知らないどこか。

「――納得は行きましたかあ？」

背中で、暢気《のんき》に声を張り上げる男を振り返り、未雲は、アクアに凭《もた》れた積田を睨《にら》んだ。

「行くわけがない」

「そりゃそうさ。あいつがいるはずのない場所を何度確認したって、徒労っていうか無駄足といいますか。ってまあ、そうつんけんするなよ」

積田《つみだ》は大股に車を横切ろうとする未雲の目の前に、通せんぼするように腕を振り下ろす。

「帰るから」

「車があんのに、わざわざ電車で帰ることもないじゃないィ」

どうでもいいが、またオネエ口調だ。

「むかつく」

「うんうん。じゃあ乗った乗った」

未雲は唇をへの字に歪《ゆが》めたが、逆らわず、開いた助手席側のドアから、ソーダブルーメタリックのアクアに滑りこんだ。タバコの残り香。どう考えても、津久井のものではない車。そんな当然のことを、わざわざ胸に叩《たた》きこむ必要もない。だが積田の車にあたりまえみたいに乗るのには、まだ抵抗があった。

ふたたび日曜がめぐってきた。マザー牧場は断わったものの、積田にはまだ訊《たず》ねたいことがあった。だから、誘いの電話に応じた。

「さて、どうしますか」

午前中に用事があったとかで、積田が電話をかけてきたのは午後二時ごろだった。津久井の部屋を見に行きたいと言ったのは、実は方便だった。

「飯でも?」

「教えてもらいたいんだけど」

打診する積田の顔を、未雲は見上げる。

「なんでございましょうか」

積田は、しかたがないなというふうに笑む。津久井とは反対に、笑顔が多い。

「黄昏《たそがれ》の実家の住所」

「訊《き》いてどうすんの」

真顔に戻り、積田が反問した。

「もちろん、行く――」

「帰ってないと思うよ？　帰るわけがないっていうか」

「知ってるよ、そんなの」

不自然なくらい、家族の話をしない。津久井が故郷に触れるときは、いつも積田がらみの話題だ。

「だけど、他にもう心当たりがない。俺だって、修善寺行きは最後の手段だと思ってた。だから」

「今まで言わなかった？　それで正解だと思うけどなあ」

「なんで、黄昏のことなのにツンの指示に従わなきゃならないんだよ」

「そりゃあ、まあ……」

積田は一瞬、気圧《けお》されたような顔になったが、すぐに元に戻った。

「つきあい長いからかな。未雲ちゃんよりは」

「嫌味だ」

「うん」

「――――」

未雲は、非難をこめて相手を睨む。

積田はひょいと肩を竦《すく》め、

「ま、ともかく飯食おう。未雲ちゃんもさ、腹減ってんだよ。だからカリカリしちゃう」

するりと躱《かわ》す。未雲は、無言で運転席に体当たりした。

「うわ、おい、やめなさい」

口ぶりだけはあわてているが、積田は上体を傾《かし》げただけでしっかりハンドルを握っている。

アクセルを踏んでやったほうがよかったかもしれない。

「アクセル踏まれたらあれだったけど、かわいいな。ぶつかってくんだもん」

……本人がそれを畏《おそ》れていたなら、そうすればよかった。今さら思っても、遅い。

そして、津久井のことも、このままうやむやにして、後で悔むようなことになるのは嫌だ。

そうも考えた。ふと、なにか違和感みたいなものがよぎった。未雲は束の間、石化したが、
違和感の正体には気づけなかった。積田が隣で、ため息をつく。

「そう恨めしげに見られてもな」

「俺、一人でも行けるし」

未雲は、口を引き結んでフロントガラスの向こうの夕闇を睨んだ。

「あー……そう。そうだろうねえ、成人してるんだし」

積田の口調が、からかうというよりはどこか投げやりだ。それはそれで気になる。しかし、機嫌を取るようなことも言いたくない。

未雲は、頭の中で計画を組みはじめた。夏休みの申請を、まだしていない。どこかに旅行したいとねだってみたら、津久井は考えておくみたいなことを返した。それきり連絡がとれなくなったから、宙ぶらりん。

すぐに美也子《みやこ》に直訴しよう。身内ならではの便を逆手にとって、あのババアは自分と雁金《かりがね》のスケジュールを優先してばかりだ。ヒエラルキーの底辺に生息する未雲は、いつだって割りを食っている。そこを衝《つ》いて、なんとしても二日、いや三日の休みをもぎ取る。拒否されたら、バイトなんか辞めてやる。

積田がカーラジオのスイッチを入れた。とたんに、プロ野球ナイトゲームの生中継が流れ出す。

「野球て。あんたはおっさんか」

津久井は、まちがってもAM放送を未雲に聴かせたりしなかった。

「おっさんだよ? 黄昏も俺も、未雲ちゃんからすりゃ、等しくおっさん。どうあがいても、きみより先に墓に入るからねえ」

馬鹿にして。未雲は頬《ほお》をふくらませかけ、急いで表情筋を横に広げた。嫌味を聞いてふくれっ面《つら》などとは、よけいにガキ扱いされるだけだ。

実際に、八歳下なのだからしかたがない。だが八年遅く生まれたというだけで、置きざりにされて納得できるわけもない。津久井に会えたら、そう言ってやる。

自分の胸に確認したとき、攻撃中のチームの三番打者がホームランを打った。


翌日、未雲は東京駅のみどりの窓口に並んでいた。昨夜《ゆうべ》、結局積田につきあって焼き肉屋に入り、積田のおごりで国産高級和牛を食べた。

エネルギーはじゅうぶんチャージされた。その勢いのまま帰宅して、半分喧嘩《けんか》腰で美也子に二泊三日の休暇を要求する。案に反して、母親は「どうぞ」とあっさり許可してきた。

『その代わり、お盆は出ずっぱりで働いてもらうからね』

後のことは、どうでもいい。ちょっと嫌だな、と思わないでもなかったが、未雲は妥協したのだ。

しかも、休暇は明日からの三日間ということになり、ぼやぼやしてはいられない。自室でもくもくと荷造りをした。

大した荷物にはならない。三十分で、ダッフルバッグの中に下着や着替え、洗面用具などを詰め終わる。こういうのって、高校のときの修学旅行以来？　そう考え、宿泊のことが過《よぎ》った。そういえば、宿を押さえていない。今からだと、微妙だろうか。

しかし、遊びに行くわけではないし、最悪の場合は駅舎で野宿するぐらいは覚悟しよう。実際に野宿も、ネットカフェの個室で夜を明かしたこともない未雲だったが、無知がこの場合はプラスに作用した。案外、それも悪くないんじゃないかとさえ思えてくる。

翌朝早く、家を出た。電車に揺られ、二十分ほどで東京駅に着く。あまり利用したことがない。みどりの窓口を探すのにも、ひと苦労する。

「十二時発の踊り子号、修善寺《しゅぜんじ》まで一枚。できれば指定席を」

やっとのことで順番が来て、窓口に身を乗り出すように言うと、無表情な係員は、

「満員ですね」

即答だ。水をひっかけられでもしたように、未雲のやる気がしゅわんとしぼむ。

「あ、じゃあ自由席で……」

「この車両、今日は乗車率が百二十パーセント近いんですよ。シーズンオフなら、空《あ》いてるんですが」

第一印象よりは、親切な男らしい。しかし、シーズンオフならと言われ、秋になったらまた来ます、とも返せない。

「ええと、だったらなにか、他のルート」

困ったことに、修善寺なら踊り子号、としか考えていなかった。他の選択肢を用意していない。未雲の頭は混乱する。

「修善寺ですと、三島まで新幹線で行っていただいて、そこから伊豆急行に乗っていただければ」

「あ、はい」

「伊豆急は乗車券だけでけっこうですので、新幹線のほうは自動販売機をご利用いただけると、割安かと」

「は、はい」

後ろにも並んでいる客がいる。だらだら粘って、場を殺気立たせるのも剣呑《けんのん》だ。未雲はそそくさと列を離れた。どこかにTシャツの襟が引っかかった。後ろに引っ張られ、あわてる。

「！　ツン」

未雲は目を見開いた。紺のポロシャツにチノパン姿の積田が、面白そうにこちらを見下ろしてくる。

「なんでそう、水臭いかな」

「なにがだよ」

未雲は、邪険に後ろ襟を取る積田の腕を払いのけた。

「電車で行くことはないだろうが、電車って」

「俺、車持ってないし、あってもペーパードライバーじゃ他の交通手段は」

「あるだろうよ、ほかにも」

「……修善寺って、空港あるの？」

恥ずかしながら、寡聞にして知らない。

「アホ」

頭をぎゅっと摑《つか》まれた。未雲の心音が、なぜだか大きく一つ、打つ。

「アホだよ、どうせ」

未雲はさっさと券売機を目指して歩を踏み出す。

「きゅう」

また首が締まった。

「だ、だからなんなんだよ！」

「車があるだろうよ」

積田は、どことなく心外そうに言う。

「俺の」

「……ツン、会社は」

どう見ても、通勤途中のサラリーマンとは思えないいでたちだと、ようやくそこに神経が行き渡った。

「休み」

「休みって」

「有給休暇ってものがありましてね」

「知ってるよ、そのくらい」

アルバイトとはいえ、勤めている。という以前に、一般常識の範疇《はんちゅう》だろう。

「馬鹿にしたわけじゃないから」

積田は手を振って、

「ま、そんなこたどうでもいいな。行くぞ」と背中を見せる。

「送ってくれるんだ？」

その隣に並ぶと、未雲は話しかけた。

「早めの盆休みだよ。里帰り」

そうだった。積田の郷里も、修善寺である。

「ついでなわけね」

「そういうこと」

ほんとだろうかと思いつつ、積田が必要以上の感謝を受けたくないらしい気持ちには察しがついた。意外とシャイな一面がある。憎まれ口が、そのぶん多くなる。

津久井に関することはほとんどわからないままなのに、なぜだろう、積田のことだけがどんどんわかっていく。そんなものは必要ないのに。

必要がない？　――ほんとうにそうだろうか。未雲は、せり上がってきた疑問を沈め、自問した。だが今は、そういうことを考えている場合じゃない。

八重洲側のロータリーに、すでに馴染《なじ》み深いアクアが停まっていた。メタリックのボディが光って、ひときわ目立つ。

外堀通りを神田に向かって進み、神田橋出入口から首都都心環状線に乗る。よく晴れた真夏の一日だ。すでに外がうだるような暑気に包まれているのが、車の中からも窺《うかが》えた。こんな日に、席も確保できないまま電車で二時間近くも揺られたら、よけいなストレスが溜《た》まりそうだ。

積田は、そこまで考えて、自分を拾いにきてくれたのだろうか。車窓を流れる景色を眺めながら、未雲は思う。いや、そんなふうに気遣われる理由なんてないけれど。理由？

「厚木インターまで、三十分てところかな」

積田がつぶやく。カーナビを起動させていないことに、未雲は気づいた。

「ツンは、どれぐらいぶりの里帰り？」

「去年の暮れ以来かな」

「てことは、正月をあっちで？」

まず、常識的な線である。

「高校の同窓会だよ。元旦に同窓会やるって、なに考えてんだ」

「とか言いながら、ちゃんと出席したんだね」

「まあ、俺、幹事当番だし」

「――は？」

なに考えてんだ、は自分に対するつっこみなのだろうか。

「その同窓会、黄昏は？」

「だから、あいつはそういうのはパスが通常運転だから」

横顔が、苦笑を帯びる。

「……そう」

どんな高校生だったのだろう。未雲の想いは、やや翳《かげ》った。

「はま寿司《ずし》」

と、そこへ意味不明の単語が投下される。

「え？」

「厚木インターに店がある。昼飯は、そこだな」

「回転寿司？」

「回らない寿司以外認めねえ、とか言うなよ？」

「言わないよ」

未雲は、地元になじまない津久井のことを考えて気がふさぎかけているというのに、こいつは暢気に昼飯のことなんか考えていたのだろうか。

「百円寿司系だけど、なかなか旨《うま》いんだ」

「ふーん、そう」

「やっぱり、なんか不満があるな？　おまえ」

急にこちらを向いたのに驚いて、未雲は積田の顔を見る。

「べ、べつに不満だとか言ってないだろ、いくら回る寿司だからって」

「わざわざそう言うということは、不満が」

「いいよ、飯なんてどうだって」

「そういう姿勢はよくない」

だから、やっぱりただのドライブなのかって。そう思ったが、未雲は胸のうちだけでつっこんでおくことにする。なんだかんだ、送ってもらっている事実には変わりがない。

「ツンはさ、心配じゃないわけ」

代わりにそう言った。積田はもう、正面を見てステアリングを握っている。

「なにが」

「だから、黄昏のことが。急に仕事辞めて、どっか行っちゃったんだぞ。親友なら普通、ちょっとは気になるんじゃないの」

「だから」

と、積田は未雲にかぶせるように、同じフレーズを強い調子で言った。

「親友ってほどじゃないって。ただ、中高いっしょでこっちに出てきたうちの一人なだけだって、あいつは」

「だけど、黄昏がツン以外の友達のこと言うの、聞いたことがない」

「そんなのは、俺の知ったことじゃない」

「冷たいんだな」

「普通に、結婚パーティに顔出したりしてんじゃん。そのぐらいのつきあいは、あいつだってしてる」

「それはそうだけど。そのぐらいは、それこそ誰だって」

「たしかに無愛想だが、人嫌いってわけじゃないんだ。俺に特別、なついてるってわけでもない」

「……そうかな」

未雲はそれでも消極的に異を唱えたが、積田はもう反応しない。

そうかなと、もう一度胸の中でつぶやいた。

——あいつは、いわば上質紙だ。

三人でランチを摂《と》った日の夜、未雲は津久井と会った。昼食に甘いものという発想は未雲にはなかったから、たっぷりのクリームとシロップをかけたパンケーキは、美味であれ食事にはならない。

津久井もそう感じたのか、夕飯はウナギがいいと提案する。甘辛いたれと白飯が混じり合う味を思い出し、未雲は一も二もなく賛同した。

ショッピングモールの外に出て、大通りを駅と反対方向に百メートルほど行ったところに、その店はある。鰻割烹《うなぎかっぽう》と看板に掲げているが、ウナ玉にウザク、肝焼きと酒肴《しゅこう》にも工夫を凝らし、リピーターが多い。

特上のうな重を二人前、注文し、それとは別に津久井は白焼きをとってつまみにする。冷酒で乾杯した後、ワサビ醤油《じょうゆ》で食べる白焼きにさっそく手をつけた。

「面白いね、積田さんて」

どこからそんな話になったのかはもう覚えていない。昼間のあれが胃にもたれて、などという話題だったかもしれない。旨いけど、飯って感じはしないな。どちらが言ったのだったろう。

未雲がなにげなく口にした感想に、津久井はああ、と同意した。

「昔からずっと、あんな感じ。あれ食おうとかこれやりたいだとか、けっこう思うがままに突き進むタイプなんだけど、あいつが言ったことには誰もが逆らえないというか、賛成させられる」

「暴君ってこと？」

「いや違う。ツンがそう言うならそれでいいや、的な感じ」

津久井は、薄い唇に微《かす》かな笑みを浮かべた。

「説得力あるんだ」

「説得されるまでもなく、ツンのいいようにって……大きな白い紙を、端から巻こうとしたとき、紙の種類によってはうまく巻けなかったりするだろう？」

「うん」

「そういうことが一切なくて、くるくると巻いていける。引っかかりもなく、皺《しわ》になったりもしない。手触りとか質とか？　——だからやっぱり、上質紙だね」

「高いやつ」

「文具店のいちばん上の棚に入っているみたいな」

そのことを、津久井は特に羨《うらや》むでもいまいましげでもなく、するりと認めた。

津久井が誰かを百パーセント肯定しながら語るなんて、珍しい……いや、初めてかもしれなかった。未雲はそのことにまず驚く。次いで、積田の豪快な笑顔を頭に浮かべていた。

「見ず知らずのお姉さんたちが、お先にどうぞって順番譲ってくれるようなのも、くるくる巻かれちゃってるわけ？」

その面影が、意外と自分の深いところに落ちていたことを知り、未雲は内心うろたえた——だから、茶化すようにそう言った。

「そう。彼女たちは、巻かれたことにも気づいていないだろうね」

要するに、人たらしということか。未雲は、白焼きにワサビをのせながら考える。

それなら、あの笑顔がちょっと気になっている自分の心持ちも、べつに必要以上に意識する必要はないだろう。

結論が出て、ほっとした。


あのときはそこまで感じはしなかったが、よく知ってみると、積田はむしろウナギみたいな男だと思う。

未雲は、運転席の涼しい顔を見上げ、そっとため息をもらす。はま寿司というのが、どんな穴場スポットなのかは知らないが、楽しんではいけないと思う、この気持ちは、楽しんでしまいそうな自分への牽制《けんせい》なのか。

だが牽制しなければならないとは、どういうわけだ？

――あまり考えたくない。アスファルトに陽光が射《さ》して、きらきら光っている。アスファルトが光るあれは、コロイドという物質の状態のためらしい。いつか津久井に聞いた、そんな話をふいに思い出した。

積田の計画通り、厚木インターチェンジで、未雲たちは回転寿司の店に入った。飯なんかいいから早く修善寺に、と言えなかったのは、自分もまた巻かれているからだろうかと、未雲は車中で考えていたことをまた頭に巡らせた。

おすすめというだけあって、百円系の回転寿司ということを考えると、なかなかの味だった。ただ、積田がビールを呑みたそうにしているため、未雲は積田を見張るほうにも気を遣わなければならない。

「兄ちゃんたちは、どこまで？」

隣り合った、五十がらみの男に訊かれた。修善寺です、と答えると、

「温泉かい。いいねえ」

日焼けした顔をほころばせる。

いや、そんな暢気な旅じゃないんですけど……内心そうつぶやき、そういえば修善寺は温泉地だったと今さら思い出した。

「ま、観光じゃないんですけどね」

反対側から、積田が会話に参加してくる。

「えへえ？　じゃ、なんで」

「盆帰りってやつですよ。まだお盆じゃないけど」

「へえ、兄ちゃんたちはあっちの人？」

「ええ、まあ」

会話の展開から、未雲と積田は兄弟という設定になってしまった。それよりも、男がさかんにビールをすすめてくるので困った。さすがに積田は車だからと、辞退したが、それは未雲の形相《ぎょうそう》に怯《ひる》んだからかもしれなかった。

代わりに未雲が、ご馳走《ちそう》になる。中ジョッキに一杯ほどのことなのに、

「くそー。自分だけ楽しい思いしやがって」

店を後にしながら、恨めしそうに未雲を見る。

「だって、あんなにすすめられて、要《い》らないっていうほうが感じ悪いだろ」

未雲は反論した。

「いいなあ、ビール。昼間っからビール」

積田は聞こえなかったみたいに口を尖《とが》らせている。子どもかよと思うが、自分だけ呑んだことには変わりない。

未雲はそのままトイレに向かった。用を足して駐車場に戻ると、車の中に積田がいない。あたりを見回す。と、コンビニののぼりの陰に、その姿を見つけた。積田は携帯電話を耳にあてて、通話中らしい。

なんとなく気になって、そちらへ向かう。未雲が近づいていく前に、積田は電話を切った。未雲に気がついて、通話を切り上げたようにも見えた。未雲は、胡乱《うろん》に相手を見上げる。

「――自分だけビール呑むからだな、トイレが近くなるのは」

全然関係ないことを言ってくる。しかも、またそれか。

「……着いたら、いくらでも呑めばいいよ」

「あたりまえだ」

未雲なりに示したつもりの好意を、相手がまったくありがたがっていないのに、ちょっと不満だった。

電話のことが気になりつつも、積田は特に含むところもなさそうに見えるから、未雲はなにも訊けない。二人並んで、車に戻った。

昼休憩を足しても、三時間ほどの道行きだった。小田原西インターチェンジを過ぎ、伊豆中央道に入ると、景色はぐっと自然の色を増す。青々とした山々を左右に見て、やがて「修善寺」と書かれた標識に行き合う。あと一・五キロ。

温泉町という語から連想させる、あちこちから湯けむりが上がり、土産物屋の前では温泉まんじゅうを蒸している湯気が上がり、といった風景のない、どちらかというとひなびた町だった。温泉を訪れたのだろう、旅装の客が二人、三人と連れ立って、両脇の舗道を歩いている。ややあって、修善寺が現れた。

未雲にとっては未知の地だ。ここが、津久井の故郷なのか。境内《けいだい》に続く石段を、ただただ見上げる。

「お参りしとく?」

声をかけられ、未雲は運転席のほうを振り返った。

「そんな能天気な気分じゃないんだけど」

「なんでよ」

積田はにっかりと笑う。

「仏様にお願いしといたほうがいいんじゃないの。おみくじの一つも引いてさ」

「なんの運だめしだよ」

「だから、黄昏が早く見つかるように」

「………」

「なにか」

「べつに。——じゃ、参拝していくよ」

冷やかすみたいな口調が、ちょっと気に障《さわ》ったのだった。未雲はさっさと石段を上がる。

参拝を終えて、おみくじを買った。昼食のお返しにと、未雲は積田の分も払おうとしたのだったが、

「んなこと気にすんじゃないよ。俺は一流商社に勤めてんだぞ」

逆に支払われてしまう。

「俺だって、いちおう勤め人なんだけど。一流とか、自分で言うなよ」

「だって、未雲ちゃん的に、俺は嫌味なエリートなんだろ」

「そ、そんなこと言ってないけど！」

まあ、思ったことがないわけではない。

番号に従って、おみくじと交換する。畳んだ紙を広げると、黒々と印刷された「凶」の文字が、未雲の目を射貫《いぬ》いた。

「お、願い事ほぼ叶《かな》うだって。やったね――って未雲ちゃん？」

隣で嬉《うれ》しそうな声を上げた積田が、上から覗《のぞ》きこんでくる。未雲はくるりと身体《からだ》を反回転させ、その視界を遮った。が、ひょいと手が伸びてきたかと思うと、

「げ、マジかよ」

おみくじを奪い取った積田は、気まずげな顔をした。

「……ツンが、引いとけなんて言うから――」

積田に言ってもしょうがないことだが、未雲の言葉つきはつい恨みがましいものになる。

「はは、そうだった。すまんすまん」

ちっともすまなさそうではない口ぶりで言い、積田はおみくじをひらひらさせる。

「ほら、ここに結んどけば運気も上がるっていうし」

「……ほんとかよ」

行動力だけはめざましい。未雲はむくれたまま、大股に離れていく背中を見つめる。そこ

にあった老木に、積田はさっさと凶のおみくじを結んだ。

「それより、あっち行ってみない？　日枝《ひえ》神社なんだけど、これがけっこうなパワースポットらしいですぜ？」

戻ってくると、右手のほうを指して誘う。

「日枝神社なんて、うちの近所にだってあるし」

「そりゃ、全国津々浦々あるだろうけどさ。こちらは特におすすめ」

「パワースポットらしいって、伝聞じゃん。地元民なのに知らないって――」

「いやいや。地元なればこそよー」

「………」

「未雲ちゃんだってさ、人から言われてそうだったんだーってことない？　近所のあの廃病院が、まさか幽霊病院と呼ばれ夏ともなると好事家たちが夜な夜な車で集まって」

「うちの近くに廃病院なんかないし。ばっかじゃないの、ツン」

「あれ、残念」

「なにがだよ」

未雲がずいずい前進するのを、積田はひょいひょいついてくる。やはり、からかわれているんじゃないかと疑念を抱《いだ》いたとき、携帯がどこかで鳴った。

着メロが、未雲のものとは違う。思う間もなく、積田がチノパンのポケットに手をつっこむ。液晶表示を一瞥《いちべつ》し、フラップを開いた。まだスマホじゃない。なんとなく安心した。

「はい、あ、うん。今どこだよ？　ああん？」

眉間《みけん》に皺を寄せるのを見て、あまり歓迎できない相手からの着信らしい。

未雲ならそういうとき、居留守を使ってやり過ごす。そのうちむこうが空気を読んで、だんだん連絡をよこさなくなる。

皆そんなものだと思っていた。積田は違うのか。それとも、嫌そうな顔をしてみせつつ、内心悪くないとか感じている？　さりげなく離れていく紺のポロシャツ。

厚木のインターチェンジで、やはり不機嫌そうな様子で誰かと喋《しゃべ》っていた姿が、目裏に蘇《よみがえ》ってきた。ついさっきのできごとだ。どんな頻度で電話をかけてよこすのだ。胸がまた騒いだ。

「――友達？」

通話を終え、涼しい顔で戻ってきた積田に、未雲は訊ねた。

「まあね」

「急用とかじゃないのか」

「いやいや、またしょうもない話だよ」

「しょうもないことで、何べんもかけてくるんだ？」

「しょうもない奴なんだよ」

積田が出先であると知らないのだろうか。積田はそれを、相手に伝えなかったのだろうか。さっきの電話と同じ相手であることは、今本人が口にした――気がついていないかもしれないが。

それとも、出先といっても、どうでもいいような相手がいっしょだからかけてきた相手のほうが大切だから――出る？

さまざまなことが胸に押し寄せてきて、未雲は辟易《へきえき》となった。そもそも、ひとの携帯の着信のことなど、あれこれ推論してもやもやするなんて、それこそ馬鹿みたいである。自分がそんなに詮索《せんさく》好きの人間だなんて、考えたこともなかった。

一陣の風が吹き抜け、前を行くポロシャツの裾《すそ》がふくらむ。

「あの、ちょっといいですか」

声をかけてきたのは、見知らぬ若い女の三人連れだった。未雲ではなく、積田に。

「写真、撮っていただけませんか」

立ち止まった積田に向かって、一人が手にしたデジカメを差し出している。伺いを立てるというより、すでに積田がそれを引き受けたものとして行われた動作に、未雲は眉間がせばまるのを感じた。

「いいですよ。ここ押せばいいの？」

気軽にカメラを受け取る積田を、三対《つい》の好奇心溢《あふ》れる目が見上げる。魂胆みえみえなんだよ、と腹で毒づく自分が、いったいなにに対して腹立ちをおぼえているのか、未雲にはわからない。わかりたくない。

「はい、撮りまーす……ん？　もう一回いい？　――ＯＫ」

「東京からですか？」

駆け寄ってきた女に、積田は無造作にカメラを返した。しかし相手はむろん、これですませる気がない。媚《こび》を含んだまなざし。未雲はそっぽを向く。そうだ、そもそも積田というのは、こういう男だったと今さらながらに思い返す。女が放っておかないタイプ。ありふれたスーツに身を包んでいても、人目を惹《ひ》きつけずにはおかない色気。ただ、それはいたって健全なものであり、おそらく本人は意識してもいない。

わかっているのに、むずむずする。なに気安く喋ってんだよ、と喉《のど》まで出かかる。

「東京です。そちらも？」

「今日、着いたんです」

「これから虹《にじ》の郷《さと》に行くんです」

「虹の郷、行かれるご予定は？」

一人が繋《つな》いだ会話を、追いついた二名がさらに引き伸ばす。んー、と積田。

「もう行ってきた。暑いから、バスで行ったほうがいいよ」

「えー、歩いて行けないんですかぁ？」

「行けないことはないだろうが——うん、若いきみたちならきっと大丈夫、歩きたまえ」

「行っちゃうんですか？　これからちょっとお茶して行くんですけど、よければ」

「お茶ももうしてきたんだよねえ、残念。じゃ、頑張って」

「……なにを頑張れって？」

三人をするりと躱し、近づいてきた積田に向かって未雲は言う。苛立《いらだ》ちや不満などという子どもっぽい感情を決してあらわにしないよう気をつけたのに、自分でもどうかと思うような硬い声が出る。

「山登り。決まっててんじゃん」

「そんなに遠いのか？」

「たぶん、あんなミュールじゃ半分行かないうちに挫折するんだろうな」

三人のうち二人は、デニムにスニーカーという、観光するに常識的ななりだったが、残る一人——カメラを持っていた女だ——は、目の覚めるようなオレンジ色のカットソーに膝上《ひざうえ》のミニスカート、ヒールの高いミュールを素足に履いていた。

いい気味だ、と思いっきり悪意まじりにほくそ笑み、未雲は意外と腹黒い自分に失望した。

「気の毒に」

それを積田には悟られないよう、頬を引きしめる。

「まあ、こんなところにあんななりで来るほうが悪い。いい人生勉強になっただろう。うん」

「誰目線だよ……しかも、勉強になったって、すでに確定かよ」

案外人が悪いんだな。最前の失望が、やや回復する。

「ほんと、誰にも愛想いいよな」

未雲は、わざとあきれ声で言った。

「俺？　普通じゃん」

積田的には、常識的な行動だったらしい。

「いや。営業職に従事すること、かれこれ七年だからねえ。八方美人は、職業病みたいなもん。未雲ちゃんもさ、一日じゅうフロアに立ってたら、足がむくんだりするだろ？」

「しねえよ。女と違って、ヒール履いてないし」

未雲の全否定を受け、あら、と積田が目を丸くする。

「そういう原因なんだ？」

「足がむくむのが？　——普通、それだろ」

「普通なのか」

未雲はだんだん、心配になってきた。おそらく自分の百倍は女の扱いに馴《な》れているであろうモテ男に疑問を呈されると、それが正しいなどとは言えない。

扱いは上手《うま》いのに、女のことを熟知しているというわけでもないのか。

「——そんじゃ、まあ」

アクアに二人して乗りこむと、積田はなんの意味でかルームミラーの位置を直した。

「せっかくだから、蕎麦《そば》食ってく？」

「は？　なにが、せっかくなわけ」

「蕎麦、旨いんだよ。いい店がここにちらほらと」

「……蕎麦どころ？」

聞いたことがない。

「蕎麦っつうかまあ、ワサビの産地だから。ここ来る途中、けっこうワサビ田見えたけど」

言われて、未雲の脳裏に段々になった水田みたいものが浮かんだ。それは目に入ってはいたかもしれないが。

「寿司食ったばっかりだろ。なんで蕎麦食わなきゃいけないんだよ。おじいちゃん、ご飯はさっき食べたでしょ」

「って、うちの嫁がワシを虐待しよるんやー」

「ツン」

「あ、きんつばはどう？　スイーツ。いい店が」

「修善寺南中学校」

未雲は、ダッフルバッグから取り出したロードマップを膝に広げている。

「うっ。おまえ、いったいいつこんなものを」

「沼津のところのコンビニで調達した。ツン、電話してたじゃん」

「まったく、油断も隙もありゃしない」

「衝かれて困るような隙《すき》があんのか？」

積田はしげしげとこちらを見ると、「ありませんよ、そんなもの」と唇を曲げた。

「で？　二人の出身中学ってここじゃないの？　違うの？　えっと、他に中学——」

「違わないよ。そこだよ。まーったくもう」

根負けしたふうに、積田がエンジンをかける。未雲はにまりとしたものの、地図の読めなさと方向音痴に関しては同い年の男の中でも群を抜いている自信がある。

「ここ遠い？」

「……遠かないよ。車ならすぐそこだ」

少し停めておいただけで、車中は蒸したように温まっていたが、走り出すとすぐにエアコンが冷気を運んでくれる。涼しい風に顔を向け、未雲は火照《ほて》りを冷ました。

積田の言った通り、十分ほどで着いた。

山々に囲まれた、小ぢんまりとした学校だった。敷地にはぐるりと金網のフェンスが巡らせてある。

金網越しに覗くと、青いユニフォーム姿の生徒たちがグラウンドをランニングしているのが見えた。

「あれ、どこの部活？」

「たぶんサッカー部だな」

積田は、未雲とは逆向きにフェンスに背中を凭せかける。

「ふうん。さすが静岡、サッカーが盛んだな」

「普通、どこの中学だろうと野球とサッカーは盛んだと思うが」

かちりと音がして、見れば積田が咥《くわ》えたタバコに火をつけていた。金網に顔を押しつけた未雲の鼻先に、きな臭い煙が流れてくる。

「部活、なにやってた？」

「黄昏は美術部」

「へえ、意外——というか俺、ツンに訊いたんだけど」

言ってから、それもおかしな話だと思い直した。この場合、未雲の問いかけの先にあるのは津久井のことに決まっている。積田だってそう解釈したのだろう。さらりと、そんな言葉を口にした自分の心の動きもわからない。

「俺のことまで知っていただけるとは」

積田の声が笑っている。「バスケです」と続けた。

「……そうなんだ」

なんとなく、収まりが悪いものを感じる。しかし未雲の失言をなかったもののように、

「弱小もいいとこだったけどね。なにしろ、部員が少ないもので」

さらに部内の事情も明かす。未雲は目だけを上げて相手を見た。

「少ないって、何人?」

「俺が三年のときは、十三人」

「……ぎりぎり、紅白試合やれる程度かよ」

「まあ、一学年三クラスだしなあ。それもクラスに三十人ちょっと」

未雲の中学の半分ほどだ。

「過疎ってんだ」

「おまえ、それシャレになんないから」

「べつに、寂れた町でもないじゃん。温泉あるし」

「まあ、温泉しかないとも言えるが」

そう聞いて、こうした町の人はなにを生業にしているのだろうということが頭をよぎった。

津久井の実家や家族のことを、未雲はなにも知らない。

「実家は、なにやってたんだろ……」

「俺んとこは、温泉関係だよ、主要な地場産業だな」

「黄昏ん家のことを訊いたんだけど」

「なんだよ、紛らわしいなあ」

積田は、心外そうに言う。

「だって、俺知らないもの。黄昏の親が、なにやってる人だかとか」

「俺の親なら、客商売」

「訊いてない」

部活のときとは違う、積田がわかっていてはぐらかそうとしている意志を感じる。未雲は向きを変え、真下から相手を見上げた。

「——親父《おやじ》さんなら、町の観光課に勤めてたと思うけど」

しぶしぶという様子で、積田がそう教えた。

「へえ。公務員?」

「というかまあ」

「まあ」、なんだと言うのだ。

だが積田はそれ以上はなにも言わず、

「そろそろ戻るか」

と、フェンスから背中を浮かす。

「え、もうおしまい?」

「他になにか、見ときたいものでも?」

「校舎に入れないのかな」

未雲はふたたび、鼻を金網に押しつけた。グラウンドの向こう、三階建ての校舎が見えている。

「部外者は立ち入り禁止」

「ツンは、関係者じゃん」

「OBだってだけだしな」

「後輩とかいないの、あの中に」

ランニング中の掛け声が、遠くで聞こえている。

「あのな。どうやったら、最高でも現在十五歳の奴と、俺の在校時がかぶるんだよ」

「ツンなら、どこにでも知り合いいそうじゃん」

「褒め言葉だと解釈しておく」

積田は、取り出した携帯用灰皿に吸殻を押しつけた。

「じゃ、次。高校のほう」

さっさと歩き出す背中を追い、未雲は要求する。

「高校まで！」

「あたりまえだろ、なんのためにこんな所まで来たと思ってんだよ」

「こんな所ねえ……」

いつかもこれと似たような会話を交わした気がした。未雲は、「ここまで」と言い換えた。

「だって、母校探訪してなんになるんだよ。黄昏がいるとは思えんだろ、夏休み中の母校に」

「……行くのか、行かないのか」

積田は眉《まゆ》を上げたが、すぐにほっと息をつく。

「はいはい、お連れしますよ。未雲ちゃんの仰せのままに」

「よろしい」

わざと尊大に顎《あご》を上下させてみせながら、未雲は最前の積田の言葉を頭に巡らせていた。

――母校探訪してなんになる。

なんになるのか、実は未雲自身にもわかっていない。行き先も、足を向けそうなところも、津久井のことをなにも予想すらできないことは、とうに知っている。未雲だって、郷里に足を運べば足取りがわかるとは思っていない。

それなら、どうして自分はここにいる。

頭上でさやさやと、葉ずれの音がした。学校の周りに植えられた大木が、深緑色の葉をそよがせている。

なんの木だろう。見上げながら歩を運ぶ。問いかける相手は、少し先をもくもくと歩いていた。

「――高校は、ちょっと遠いんだよな」

シートベルトを締めながら、積田が言う。

「遠いって、どのあたり」

「山の上……それこそ、虹の郷の近く」

「さっきも聞いたけど、虹の郷ってなんだ？」

積田に写真撮影を依頼する、という名目でコナをかけてきた女たちが、そこへ向かうと言っていた。

「まあ、テーマパーク的なアレだよ」

「アレって言われても。東京なんとかランド的なやつ？」

「アトラクションとかはないな」

積田は、重々しい調子で否定した。

「英国式庭園っぽいエリアとか、日本庭園なエリアとか……そんな感じで花とか樹木が植わっている」

「……自然を楽しむって感じのやつだ」

「楽しめるならね」

車がスタートする。

積田が彼女らに言った通り、ずっと上りの道だった。かなり急な坂が続く。

「なんか、いくらあの人たちが若さをあり余らせてても、あんまり大丈夫そうじゃないんだけど……」

たしか積田は、そう言って彼女たちを激励していた気がするが。

「修行の一環と思えば」

「修行、したいかなあ？　ツン、きっと今ごろ呪われてるよ」

「呪い。けっこうなことじゃないか。受けて立つ」

積田は、いっこうに気にかけもしていない様子だ。

それがおかしいんだか頼もしいんだか嬉しいんだか、気の毒ながらもいい気味だと思う自分の気持ちがたしかにあることに、未雲は戸惑った。

このまま坂のてっぺんまで行けば、そこにくだんのテーマパークはあるようだった。しかし、車は途中で右折し、脇道に入っていく。

こんなところに学校が？　と、未雲がまた失礼なことを考えたとき、目の前にグラウンドが現れる。あまり広くはないが、津久井たちの母校に違いなかった。

「ここ？」

「こっちはグラウンド……校舎はあっち」

積田が答える間もなく、高校のものらしい建物が見えてきた。

麓《ふもと》の中学校よりは、いくぶん規模が大きいように見える。校舎は四階建てで、二棟あった。石造りの校門に、学校名を記した黒いプレートが嵌《は》まっている。

アクアはその前を素通りして、校舎のほうに寄っていった。

「あれ、生徒がいるみたい」

校舎から、ジャージ姿の男子たちが出てきて、裏庭のあたりに向かっているようだ。

「たぶん、文化祭の準備に来てるんだろう」

積田がそう推測する。なるほどと、未雲は合点した。

「文化祭って、どんなの？」

「まあ普通だな」

「模擬店出したり、研究発表とか？」

「ダンス選手権とかかな」

「――そういうのは、体育祭でやるんじゃ」

「体育祭は、応援合戦。ダンスは、うちじゃ文化祭のほうに組みこまれてた」

「けっこう普通じゃない文化祭じゃん」

「そりゃ各校、それぞれ特色はあんだろ」

積田は笑った。

「じゃ、なんだよ、黄昏とかも踊ったわけ？」

「強制参加だからな」

「想像できない……」

ダンスもともかく、はしゃいだ姿とか、おどけたところも見たことがない。

「まあ、昔もあんな感じ。べつに楽しげでもなく、練習にはまじめに出て来るという感じ」

「一緒のクラスだったんだ？」

「ああ、三年で分かれるまではな」

特に仲がいいわけではないなどと抗弁していたが、それはかなり近い関係というのではないだろうか。未雲は窺うように、隣の男を見る。

「――中、入ってみる？」

「え、いいの」

さっき、中学校では却下されたのに。

「ツレが教師やってんだ。見つかったとしても、とっ捕まえられたりはしないだろう」

積田はドアを開けた。

校門から入るとすぐに、横向きに建つ校舎がある。その奥に、もう一棟が正面を向いており、ちょうど縦辺が長い逆L字形を形成していた。

その、短いほうの辺……正面を目指して、積田は歩いて行く。

「あっちが特別棟だ」

そう教えた。

「化学実験室とか家庭科教室とか。特別教室しか入ってないから、生徒のいる確率は少ない」

なるべくなら、見つからないようにということなのだろう。

たしかに特別棟には人気《ひとけ》が感じられなかった。校舎内に一歩踏みこむと、懐かしい匂いが鼻先をくすぐった。初めて訪れる場所なのに、どうしてそんなふうに感じるのだろう。それとも、学校というのはそういう場なのか。かつて生徒だったことのある者に、等しく郷愁を運んでくる。

積田は迷いのない足取りで、二階から三階に上がっていく。最上階まで到達すると、廊下を左に折れた。片側に、整然と並ぶ扉のうち、三番目の教室の前で立ち止まった。

そこは、おそらく実験室だった。微かな薬品臭。積田の背中が、窓に向かう。

「二年と三年のときの担任が、化学の教師だった」

未雲も近づき、外を眺めた。ちょうど裏庭に面していて、巨大なパネルができあがろうとしている。

「体育祭で使うやつ？」

そのオブジェには覚えがあった。体育祭のとき、各チームの応援席の後ろに掲げるパネルである。題材は自由だが、なにを描くかによってセンスが問われる。

「未雲ちゃんの学校でも、こういうのあったんだ？」

「そう。うちは全体を四チームに分けてたから、四枚」

「俺らんとこは、体育祭はクラス対抗。クラスっても、一学年四クラスだけどね、中学のときと同じく」

つまり、十二枚のパネルが覇権を争うわけか。それはさぞかし、壮麗な眺めだろう。

「一年のときに係になった奴がアホでさ。うちのクラスのパネル、富士山だぜ？　そんなのありかよ」

「銭湯みたいだな」

実際に銭湯に行った経験はないが、銭湯の壁に描いてあるものといえば、富士山が定番だという程度の知識はある。

「いや、っていうか。あっち見て」

積田が指すほうに目をやった未雲は、ぽかんと口を開けた。

「富士山……」

本物だ。

「すごい。さすが静岡」

「静岡でも、どこからでも見えるわけじゃない……うちの高校では、ここが絶景スポット」

それで積田は、自分をこの部屋に連れてきたのだろうか。

真夏に見るその山の頂には、さすがに雪はないらしい。富士山と聞いて真っ先に浮かぶ、雪を頂いた光景とは違った。それでも山肌に、うっすら白く筋が入っているのがわかる。

ずっと見つめていると、なんということもなく目縁に涙が盛りあがってきた。日本一の山を眼前にして感激した、というわけでは、決してない。ここからしばしば同じ光景を眺めて

いたであろう、津久井の高校時代に思いを馳せてのことでもない。

なら——なんだ？　自分でもわけのわからない現象に、未雲はとりあえず目を瞬《しばた》かせ、傍《かたわ》らの男に気づかれないよう涙をひっこめた。見知らぬ土地を訪れて、情緒が不安定になっているのだけはたしかだ。

「こんな本物、毎日拝むような環境だよ。なんでわざわざ、パネルにまでするんだよ」

「……郷土の誇り？」

口にするやいなや、ぱこんと頭をはたかれた。

「他にはなんも、誇れるもんもねえ、とか言ってんじゃねえよ」

「言ってません」

「そりゃそうだ」

なんだよ、このやりとりと思う未雲をそのままに、積田が窓際を離れていく。そのまま実験室を出るのを見て、未雲はあわてて後を追った。

「捨ててく気か！」

非難すると、積田は奇妙な表情を浮かべてじっとこちらを見下ろしてくる。未雲の心臓が、なぜかぎゅっと縮んだみたいに感じる。

と思ったら、にやりとした。

「捨てないでーって泣いてごらん」

「はあ？」

「捨てないで下さい、積田様と――」

「アホっ」

未雲は思いっきりその背中をどやしつけた。積田が前のめりになる。

「なんだよ、冗談だろ。なにマジ怒りしてんだよ」

「笑えないし、つまらなさすぎて冗談には聞こえないからだ」

どぎまぎしたまま、未雲は指摘した。

「へいへい、すいませんね――って、ちょっとストップ」

廊下に踏み出したところで、積田が足を止めた。腕で未雲を遮るようにすると、下がらせる。

階下のほうから、かすかなざわめきが聞こえてきた。複数の声。たしかにずんずん近づいてくる。

「ヤバい。ヤバヤバ――」

二人して実験室に戻り、床に身をかがめて外の音に耳をすます。

「OBなんだし、ツレが教師やってんじゃなかったのかよ」

「考えてみると、奴がここに勤めてなかったほうがマシだった。見つかった場合の話な」

こそこそ囁《ささや》いてくる積田に、未雲は脱力するのをおぼえた。たしかに、長期休暇中の学校に潜りこんだ不審者が、現役教師の友人だったら、その教師が責められないとは限らない。

「ってべつに、俺らべつに、部屋ん中で焚火《たきび》してたってわけでもないのに……」

未雲はぶつくさ言ったが、人の気配が近づいてくるとどきどきする。やがて、話し声も足音も遠ざかった。どうやら、奥の方の部屋に用事があるようだ。

「ふう、やれやれ」

来たときとは較《くら》べものにならないぐらい慎重な足取りで——というより、むしろこそこそと未雲たちは階段を下りた。

学校の敷地から出てしまうと、積田は安心した顔でため息をついた。タバコの箱を取り出している。

「山火事出したりしたら、それこそそのお友達に迷惑がかかるんじゃないのかよ」

嫌味というのではなかったが、未雲は注意した。

「冒険するのも、楽じゃないなあ」

まるきり通じていない。鼻先を、積田の吐く紫煙が流れていく。目の前には、先ほどとはまた別の体操服姿が、群れながら通り過ぎた。楽しげにさざめく笑い声。自分にもあんな時代があった、となんということもなく未雲は思う。まだ、たった三年前のことでしかない。高校生の自分がどうだったかと、細かいところまで思い返せば、楽しいできごとばかりではなかったが。それでも、二度と取り戻せないと思うと、それが得難い宝物みたいに感じられるのは、人間はないものねだりの生き物だというわけか。

「なんだかんだ、夕方じゃねえか」

車に乗りこみながら、積田は思い出したふうに上空を仰ぐ。いつのまにか日が暮れている。アクアのソーダブルーが、オレンジがかって見えた。

「じゃ、そろそろ――」

「小学校」

ふたたびロードマップを広げ、未雲はぴしゃりと相手を遮った。

「なんですと⁉」

「まだ、小学校に行ってない。ええと、修善寺第一小学校と、朝野川しょうが」

「小学校は、いいよ」

積田が、さっきの仕返しみたいに未雲の語尾を強奪した。

「いいよって」

なんだよその独断と、未雲は横目に相手を睨む。

「行ってもムダ、というか行くべき学校がない」

「……今流行の、統廃合――」

「とかいう、切ない話じゃなくってさ」

積田は、ハンドルに腕を置いた。信号が赤に変わっていた。

「黄昏が卒業した小学校は、こっちのじゃないんだ。あいつ、中学からの転校生――入学する前に引っ越してきたから、編入ってことになんのかな」

一気に言って、こちらを窺うようにする。

「その顔、さては黄昏の奴、未雲ちゃんに話してないんだな？」

「というか」

言ったきり、未雲は絶句する。後の言葉が続かなかった。

「……知らなかった」

結局、事実をありのまま伝えることになる。いったい俺は、と考えた。あの男のなにを見ていたのか。すでに幾度となく過った想いが、また巡る。

修善寺に来るまでの津久井のことも、どういう事情で引っ越してきたのかも、未雲は知らない。

「あー、まああいつはよけいなことは喋らんからな。秘密主義っつうの？　カッコつけてんだ」

積田ののんびりとした声と、そのトーンに胡麻化《ごまか》されているが、言葉の内容は辛辣《しんらつ》で、それはそれで未雲は反撥《はんぱつ》をおぼえる。

「べ、べつに、黄昏は、ミステリアスな俺カッコイイ！　なんて浮かれてないし、そういうキャラでもないし――その」

なにを言っているのだと自分ながら思う。だったら、津久井が生いたちのことを未雲に語らないでいた理由はなんだ？　そういう問題になってしまう。そして、その問いの答えを、未雲は知る由もない……。

「しおしおすんなよ、彼氏！」

ばすっと頭を摑まれた。積田は、そのまま未雲の頭をドリブルするみたいにぽんぽん叩いてくる。

「してねーし、しおしおとか」

それでも反論すると、笑って、

「強がる未雲ちゃんは、色っぽいなあ」

と、言われた側ではまったく納得行かないようなことを言ってきた。

そういうアンタが、いちばん謎《なぞ》だよ。

だいたい、なんで俺なんかにくっついて、というより連れてきてくれたのだろう。

自分も里帰りするから、そのついでに。いちおう、理由は開示されてはいる。しかし、この道行きでわかったのは、津久井と同様に、積田もまた謎めいた男だということだった。

夏の夕暮れが、すとんと山の向こうに落ちていく。アクアは、滑るように坂を下る。

5

そのことに気がついたのは、麓《ふもと》に下りてきたときだった。

「あ！」

突然、大声を出した未雲に、運転席の男が「なんだよ」と、動じた様子もなく問う。

「今夜の宿をとってない」

「……お泊まりのご予定でしたか、お坊ちゃま」

「だって、まだ黄昏の実家とか行ってないじゃん」

未雲は、からかうような積田の視線を見返した。

「ツンは、住所知ってるんだよな？　もし、今から行ったら」

「今からですと、ちょうど飯どきですかね。せっかくだからなんて気を遣わせて、お呼ばれしちゃったりなんかして」

積田はにやにやしている。しかし、わざわざ言われるまでもなく、そんなことをされたら津久井の家族にはいい迷惑だろうし、津久井本人にだって顔向けできない。

かといって、どこかで、それこそ蕎麦でも食べてから実家に向かえば、夜になってしまう。

夜の訪問者。しかも見ず知らずの相手だ。「東京で世話になっております」と、関係をぼかしたところで、迷惑なことには変わりない。

「俺は、休み三日とってるし」

未雲は言ったが、なんの解決にもならず、

「俺なんか、五日とったもんね——土日を入れたら、一週間のバカンス」

積田は、こんなときだというのに暢気だ。

「そりゃよかったな……あとの四日は、好きなことして過ごせばいいよ」

むっとした気持ちが伝わったか、積田は軽く肩をすぼめた。

「そんな冷たいこと。見捨てる気なのね⁉」

「オネエはもういいから。ええと、どこか適当な旅館とか」

未雲はロードマップを取り出した。

「っていうか、おまえ、さっきみどりの窓口でなんて言われた？」

「さっき？　——東京駅で？　ずっと前のことじゃないか、そんなの」

八時間も前のことを、「さっき」と言える時間感覚は、未雲にはない。しかし、そういう細かいことはどうでもいいのだった。積田の言わんとしているところを察知したためだ。

「……踊り子号は満席」

つまり、それだけ多くの観光客が、修善寺に集まっているということである。

「どんくせーの。なんか抜けてんだよな、未雲ちゃんて」

「う、うるさい」

しかし、そうなれば――どうなる？

「いや、ビジネスホテルとかそういうところならなんとか」

マップをごそごそ捲《めく》るが、宿泊施設の情報などは記載されていなかった。

「使えねー……」

「しょうがないなあ、もう」

言いつつ、車は確実にどこかを目指しているようだ。少なくとも、修善寺駅からは遠ざかっている。

「どこ行く気だよ？　俺、まだここに用があるんだけど、黄昏の」

「実家でしょ？　わかってます。明日行こうな、明日」

積田も、東京へ引き返すつもりではないらしいとわかり、安堵《あんど》しかけた未雲だったが、

「じゃ、どこだ？」

車の向かう先が気になる。

「もうすぐそこ」

積田が答えたとき、車が大きくカーブした。修善寺の前を通り過ぎ、細い道に入る。

飲食店らしい薄明かりが、ぽつぽつ灯《とも》っている。十割そば、と読める看板がある。

それらを素通りして、少し先にあった地味な木の門の前で停まった。暖簾《のれん》がかかっているところを見ると、旅館らしい。

「おい。こんなところ、飛びこみで泊めてもらえるわけが」

未雲は焦ったが、車の音を聞きつけたか、中から誰か出てきた。

「いらっしゃいませ――ああ、隼介さんでしたか」

ワイシャツの上に法被《はっぴ》のようなものを羽織った、五十過ぎと見える男だった。

「ご無沙汰《ぶさた》してます……部屋空いてるかな」

どうやら知り合いらしい。男は苦笑して、

「あいにく満室なんですが、お泊まりいただける部屋はございますよ」

と応じた。

「あ、ススキね。上等上等」

あっけにとられる未雲に、積田は、「降りて。俺は車、入れてくるから」とうながす。

なにがなんだかわからない。未雲は言われるまま、ダッフルバッグを担いで車から出た。

「どうぞ、こちらへ」

男が先導する。砂利の敷き詰められたアプローチの向こうに、四枚ガラスの大きな引き戸が開いていた。仲居らしい女がそこで待っている。

「いらっしゃいませ。どうぞお上がり下さい」

未雲は戸惑った。外観からは予想できない、立派な内部が眼前に広がっている。広い上がり框《かまち》に、黒大理石の沓《くつ》脱ぎ石。勧められるままスニーカーを脱ぎ、スリッパに足をつっこみつつ、ついきょろきょろしてしまった。正面はロビーで、そこから左右に廊下が延びている。いかにも繁盛していそうな旅館だった。事実、満室だとさっきの男も言っていた。しかし……。

案内されたロビーの椅子に座っていると、ようやく積田がのっそりと姿を現した。

「あ、いいよ。わかってるから」

近づいてきた仲居に手を上げると、積田は「こっち」と未雲を振り返った。

馴れた足取りで、左に向かって歩き出す。廊下の隅に、さりげない感じで花鉢が置かれ、桜桃の果肉色をした百合《ゆり》の花が活けてある。左側には、引き戸が幾つか並び、「桔梗《ききょう》」「萩」といった表札がかかっていた。

積田が入っていったのは、廊下を右に曲がってすぐに現れた扉の奥だった。そこだけが木製のドアになっていて、他の部屋とは逆向きだ。あきらかに、普通の客室ではなさそうだったが、足を踏み入れると、中は十畳ほどの和室で、座卓が置いてある。床の間に押入れ、行灯《あんどん》と、普通の客室に見えた。

「座ったら？」

ぽかんと部屋を見回していた未雲は、その言葉で我に返った。座卓の前にどっかと腰を下ろした積田は、さっそく灰皿を引き寄せている。

未雲はその向かいにあった座椅子に座った。

「なんなんだよ、この旅館」

「知り合いがやってるところ」

積田は、なんでもないふうに答えた。

「――めちゃくちゃ高いんじゃないのか？　こんな」

「気にすんな。ただの布団部屋だ」

「布団部屋って……布団ないじゃん」

実際に目にしたことはないが、未雲のイメージする布団部屋とは、文字通り予備の布団が山と積まれた、カビ臭い狭い部屋である。そこに放りこまれた者は、狭いスペースで寒さに震えながら、長い夜を越すことになっている。

そう考えると、ここは招かれざる客の落ち着き先には違いないだろうが、布団部屋と表現するには、あまりに贅沢な空間だった。

「布団は、あるだろ。ここに」

積田はタバコを咥えたままで、背後を指す。

「そりゃ、どの部屋にだってそこに布団がしまってあるだろうけど、でも」

未雲が反論しかけたとき、外から声がかかって、扉の開く音がした。

「お疲れさまでした、隼介さん」

塗りの盆を手にした和服の女が、三つ指をついている。先ほどの仲居よりも、だいぶ年嵩《としかさ》であるようだ。

「べつに疲れてませんけどね」

積田は、すまし顔で灰皿に灰を落とす。

「それより、飯もらえますか。腹減ってるんで、いっぺんに全部持ってきてくれるとありがたい」

「はい、ただいまご用意しております」

仲居は、積田の傍若無人《ぼうじゃくぶじん》な要求にも動じない笑顔で、おしぼりと茶碗、それに菓子皿をめいめいの前に置いた。懐紙の上に、透明なくず餅《もち》みたいなものが載っていた。

「水まんじゅうでございます」

「じゃあ、先に風呂に行こうかな」

「いえ、今、大女将《おおおかみ》と若女将もお見えになりますので、少しお待ちくださいい」

「いや、そういうのいいから」

「よくありませんよ。ご挨拶《あいさつ》ぐらいはなさってくださらないと」

「べつに、正月に会ってるし」

次第に未雲にも、見えてきた気がする。この旅館と積田の関係。

だがそれを質《ただ》すより早く、仲居と入れ替わるようにして新顔が二つ現れる。

「隼介。くるならくるで、前もって連絡ぐらいよこしなさい」

「まあまあ、お姑《しゅうとめ》様」

大女将とおぼしき、年上の女を、若いほうがなだめる。

「ようこそおいでくださいました――こちらのほうへは、ずいぶんとおひさしぶりのお越しですね」

「まあ、わざわざ泊まりにくる必要もないですから。親父と兄貴は？」

「それが、寄り合いで九州のほうなんですよ。お二人とも」

「ふーん。全国温泉旅館組合の会合かー」

義姉の言葉に、積田はにまりとした。

「そりゃ好都合だ。うるさい連中がいないときを、まるで狙《ねら》ってきたみたいじゃないか、俺」

「明日にはお戻りですよ。隼介、まさかお父さんに挨拶もなく帰る気じゃないでしょうね」

息子の軽口を、母親がぴしゃりと遮る。年齢のわりにはすらりとして、整った顔立ちにたしかに積田との共通点が見いだせる。

「それより、こちら様は……？」

若女将の問いに、ああと積田はうなずいた。

「真渕《まぶち》未雲くん。行き着けのショップで働いてる、年下のお友達さ」

そんな紹介、なんの説明にもならないのでは。どんな「ショップ」なのか、どうしてお友達になったのか。説明を求められたらどうするつもりだと、未雲は内心、ひやひやしたが、二人は特に疑問を抱いた様子もない。

「いつもお世話になっております。隼介の母でございます」

この伝統と格式のありそうな旅館の大女将から、丁重な挨拶を受け、未雲はあわあわと、

「こ、こちらこそ。突然お邪魔してすみません」

座椅子から下りて手をついた。

「で、言うまでもなくこっちが兄貴の嫁さんな」

積田は積田で、早く切り上げたいふうである。そりゃあ、肉親で坊ちゃんのあんたは、いくらでも傍若無人にふるまえるだろうけど。未雲は内心、苦情を訴える。

「あーあ。めんどくせーな、こっちのほうにくると」

しかも、まだ二人が扉のすぐ外にいるだろうに、大声で言うから、未雲は積田を睨んだ。

「なんで黙ってんだよ」

「え、俺？　なに怒られてんの？」

積田は、わざとらしく怯《おび》えた様子で自分の鼻を指してみせる。

「宿の心当たりがあるならあるって、先に言えよな。しかも実家とか……」

語尾のほうは、ごにょごにょと口の中でにごした。しかもこんな立派な、と胸のうちでは

違うことをつぶやいている。まったく予想外の、まるで——まるで。

「——セレブって感じ」

漏れてしまった声を聞きつけ、積田が爆笑した。

「セレブって！　俺がか⁉　なんで」

「だ、だって、すっごく高いんだろ、ここ」

「さあ。自分で支払ったことはないからねえ」

積田は、すっとぼけた顔で言う。その顔を、未雲はしげしげと眺めた。

「な、なんだ？」

「今までも、何べんもタダで泊まったんだな？」

「は——すいません、素性が割れると、みんな来たがるんだ。タダと思いやがってまあ」

「ふーん。そんなにみんなとつきあったんだね」

「……なに怒ってんの？」

指摘され、はっとする。未雲は、逆に言葉に詰まった。

「べつに、そこまで手当たり次第に泊めてないし、普通に友達も泊まりに来たし」

黒文字で切った水まんじゅうを、豪快に頬張って積田はもごもごと言う。

前半と後半が微妙に矛盾しているのだが、それ以上追及して、誤った認識を与えたくはなかった。未雲も、水まんじゅうに向かい、いいわけが聞こえたのか、聞いても特に気にとめないふうを装う。

「——うま」

未雲は目を瞠《みは》った。ぷるんぷるんの葛《くず》の中から、さらりとしたこしあんがほどける。甘すぎず、かといって物足りなさも感じさせない。特に和菓子好きというほどでもない未雲だが、これならいくつでも食べられそうだ。

「明日の朝までに予約しとくと、お持ち帰りいただけますが、お客様」

積田が、急に商売人の顔になる。

「……明日帰るかどうか、わからないから」

「え？　だって夏休み、三日しかとってないんだろうが」

「目的を果たしてないのに、帰ったってしょうがないし」

「黄昏の捜索？　まだ続ける気か」

「他に、なにができるって言うんだよ」

未雲は言い返したが、内心では積田の言いたいことも理解していた。

ほどなくして、食事の支度が整う。積田のリクエストに応じ、可能な限りの料理が卓に並んだ。可能な限り、というのは品数が多くて、全部いっぺんに出したら、文字通りテーブルからはみ出してしまうからだと、酒を運んできた若女将が笑った。通常は、一品ずつ出していく懐石コースなのだろう。

豪勢な盛り付けや華美な装飾などはないものの、料理はどれも見目よく、味ときたらそれを遥《はる》かに凌駕《りょうが》している。煮蛸《にだこ》は舌の上で溶けるほど柔らかく、巻き海老《えび》は串に刺して焼いただけとは信じられない。とうもろこしのすり流しというものを、未雲ははじめて知った。コーンポタージュとは較べものにならないくらい、とうもろこし本来の味が濃い。

食後、積田がふらりとどこかへ消えたので、未雲は大女将——積田の母親に勧められるまま、露天風呂に行った。ライトアップされた庭の池に、借景の竹林がくっきりと映っている。こんなときでなかったら、鼻歌の一つも出るところだ。実際、うっかり満喫しかかっている自分を発見し、未雲は湯の中で身を縮めた。

なにをしにきたのだか、わからなくなっている。

積田はさっき、そう言いたかったのだろう。母校や、学生時代に津久井が通ったであろう道をたどったところで、津久井を探す手がかりすら見つからない。いや、発見したことはある——ここにはいない津久井を確認するためになら、意義のある道行きだ。しかし、それはあくまで逆説的な結論であって、ほんらいの目的は、あくまで不在の恋人を探す旅に違いない。楽しいと感じるなどとはまぬけすぎる。

なのに、いつのまにかこの旅に執着している。終わらなくてもいいとすら、思っている。むきになって、「帰ったってしょうがない」と口走ったのは、その気持ちの表れなのだろう。

意外と楽しかったから。

理由を探せば、どうしたってそうなる。不謹慎だ。未雲は湯に沈み、そんな己を叱咤《しった》する。露天とはいえ、長く浸《つ》かりすぎていた。薄《すすき》——表札ではそうなっている——の部屋に戻ると、すでに床がのべられていた。部屋の隅に寄せられた座卓の前で、積田が一人、ビールを呑んでいる。

「おう、長風呂もいいとこだな。呑むか？」

陽気に瓶《びん》を振ってみせる。未雲は手のひらを立て、辞退した。

「疲れたから、寝る」

二つ並んだ布団に、つい不埒《ふらち》な想像をしそうになり、だから未雲はことさら不機嫌そうに言って、ごそごそと手前のほうに潜りこむ。頭から、上掛けをかぶった。

「あらまあ、もうおねむの時間でしゅかー」

半分笑った声が聞こえるが、挑発には乗らない。

湯あたりしたというのでもないだろうが、なぜだか胸が苦しくてしょうがない。そんなときに、積田と顔をつき合わせたくはなかった。

目を閉じる。疲れているわりにはいっこうに瞼《まぶた》が重くならない。ほどなくして、動く気配がある。ぱっと部屋の中が暗くなるのがわかり、未雲の心臓はさらに高鳴る。

隣の布団に、積田が横たわったのを感じた。寝返りを打って背中を向けたいが、そんなことより、寝入ったのだと思われたい。

結局、未雲が布団から顔を出せたのは、積田が眠りについたと見澄ました後だった。またごそごそと、せり上がる。胸から上だけ上掛けの外に出て、ほうと息をついた。

なにを意識しているのだと、落ち着くとそう思える。積田とここにいて、なにか起こるだなんて思えないし、そんな想像は誰に対しても失礼だ。

まだ、津久井は未雲の恋人だし、行方《ゆくえ》不明の彼氏を探して、仕事も休んで旅に出た——そういう設定。

——「設定」とか思ってる時点で、不純なんだよなあ……。

それは言葉のあやだと言い聞かせてみるが、ざわつく心は鎮まらない。

悪いことをしている、のかもしれないが、だけどそれを言うなら先に不実だったのは、ずっと不実なのは津久井のほうだ。

いいわけをしたって無駄だ。津久井はきっと、疾《やま》しさも感じていない。未雲をあっさり、置き去りにしたことに。それだからこそその津久井だ。はなから、信じてはいけない恋人だった。

それでも、傷つくのだ。

自分以外に、欲しがる人間がいくらでもいる。危なっかしい恋人。

秋だから、つきあいはじめて二か月かそこいらの頃だ。魔法にかかったみたいな夏が過ぎ、理想を具現化したみたいな彼氏が、生身の人間だと未雲は知った。たったのふた月。疑いが芽生える暇すらない。

津久井には、罪悪感という概念がない。おそらくは、そもそも悪気もないのだ。だから、裏切りは堂々としていた。

「『ストーンロッカー』の店長って素敵ですよね」

そんな声を、未雲の耳は敏感に捉《とら》えた。「ソレア」に入ったヘアサロンで、カットの最中だった。仕事帰りである。

発言者は、隣でカラーリングしている女客だった。分厚い雑誌を膝に広げ、さっきから担当の美容師と雑談に余念がない。

「そう、あの人は有名ですよね」

若い男の美容師だ。見るからに未雲と同じ嗜好の持ち主とわかる。ちょっとしなを作ったような動作と喋り方で、隠してもいない。そのときも、言った後くすっと漏らした忍び笑いが女性的だった。

未雲はそれより、有名だという言葉にこめられた、意味ありげなニュアンスのほうが気になる。客もそうだったらしく、

「え、有名って。どういう感じで有名なんですかぁ?」

まるで未雲を代弁するみたいに返した。

「そりゃあ、モテモテだし……あんなイケメン、そうそういないから無理もないんだけど、このあいだ、一週間前かな、とある人と呑んでるところを偶然見ちゃった」

「なになに、とある人って。もしかして有名人？」

「んー、そういう意味じゃなくて」

未雲には、どういう意味だかわかる。しかし、横入りするわけにもいかない。一週間前。未雲には覚えがない。いや、美容師は「ちょうど一週間」前だと言ったわけではないし、だいたいそのくらい前なら、食事の後バーに立ち寄ったはずだ。

とはいえ、当人が隣でカットしているのに、とある人とは言わないだろう。嫌な予感がした。胸に落ちた一滴の油が、心の水面に違和感を残しながら広がっていく。

「――なんか、わかっちゃったかも」

隣の女は、すぐに察したようだ。いたずらっぽい笑みを浮かべ、鏡越しに美容師を見つめた。

「そっちなんですね」

「まあ、そっちですね」

「よかったじゃないですか。チャンスあるかも」

かなり際どい会話になっているが、美容師は平気なものだ。

「僕はちょっと。素敵だけど、いろいろ噂《うわさ》ある人なんですよね」

「遊び人とかって？」

「まあ、ひどい目に遭《あ》った話も聞きましたし。知り合いの知り合い、ぐらいの関係だけど」

そう言いながら、美容師の目は確信に満ちている。おそらく、もっと近しい相手のことなのだろう。油がじわりと、動く。

「えー、でも。そのカレ、いや相手とはまじめにおつきあいしているのでは？」

「どうなんでしょう。ラブラブな感じでしたよ」

「ラブラブかあ。イケメンとバーでデートなんていいなあ」

「彼氏いないんですか？」

「いないんですよぅ」

彼女は小さな唇を心持ち開き、アヒル口を作った。

未雲は憮然《ぶぜん》とうなだれそうになり、あわてて頭を起こした。どうかしましたか、と未雲をカット中の美容師。

「——いえ」

答えながら、また顔が下を向きそうになる。脈が乱れているのがわかった。ラブラブな感じ、なんてただの主観だし、津久井はそういうベタベタするようなタイプでもない。自分に言い聞かせるものの、未雲に対してはベタベタしないというだけかもしれないのだ。

こうなると、二か月という期間が不安を呼びこむ。まだ二か月。津久井のことを、そういえばあまりよくは知らない。気づかれないように、こっそりとだがデートを重ね、津久井の部屋にも招かれた。合い鍵を渡されるような仲ではないが、津久井はそういうつきあいを好まないだけだと思っていた。

なのに、もう浮気？　それも男と。はっきりは聞いていないものの、津久井はバイセクシャルで、相手の性別を選ばないようだ。

さまざまな想いがめぐるうち、次第に腹が立ってきた。二股、という語がよぎり、なんともいえず嫌な気分になる。

ヘアサロンを出た足で、未雲はまっすぐ津久井の家に向かった。一人でもやもやしていたって、なにも解決しない。二年前のできごとだが、未雲は二十歳前。直情径行というか、結論を急ぎたいほうだった。

――しかし。

ハイツの外廊下で帰りを待つ未雲の前に現れた津久井は、一人ではなかった。

茫然《ぼうぜん》と立ちつくす未雲を見て、ちょっと振り返る。津久井と連れ立ってきたのは、未雲よりは年上らしい若い男だった。津久井の陰になって、容貌はさだかではないが、華奢《きゃしゃ》なシルエットだけがわかる。

二言、三言で男は踵《きびす》をめぐらせた。物分かりのいい男だ。後腐れのないタイプを選ぶのか。

それとも、自分もそう思われているのか。未雲はひたすら、津久井を睨み続ける。

相手は、肩をすぼめた。

「どうしたの、未雲」

いきなり、しょうがないなあという言葉つき、しかも内容がとぼけすぎている。

「今の人と、先週バーで呑んだのか」

自分の声とは思えない、低音が出る。みっともない、やめろ、と制止する声も内側から聞こえてくる。

しかし、はっきりさせたい気持ちのほうが勝った。もしかしたら、二か月でお別れ、となるのかもしれない。それはすごく哀しい結末だが、大切にされないよりはましだと、未雲は思う。

「うん？　どうだったかな。先週……いや、違うんじゃないかな」

ところが津久井は、記憶を辿《たど》るかのように外のほうに目を向ける。まじめに思い出そうとしているとわかり、未雲は混乱した。

「ああ、やっぱり違う。さっきの彼と会ったのは、今週の月曜だった」

「………」

現在は金曜日である。それだけを答えると、津久井はポケットから鍵《かぎ》を取り出した。未雲、と呼ぶ。

「上がって行く？　それとも帰る？　帰るなら、送るけど」

「……、俺がこなかったら、あの人を部屋に入れるつもりだったのか？」

声が、みっともなくかすれた。それでも、訊いておかねばならなかった。目の前の男が、どういう人間なのかがすっかり摑めなくなっている。

「ああ。そのつもりだった」

という返事に、ふたたび言葉を失った。未雲はまじまじと、津久井を見る。

津久井は首をかしげた。開き直るというのでもなく、まるで邪気のない顔。まるで、追及している自分のほうが悪いみたいだと思う。

「ど、どういうこと？　俺たちは、つきあってるんじゃないのか」

唐突に見舞われた疾しさを振り切って、未雲はさらに訊ねた。同時に、どうして自分のほうが罪悪感をおぼえなければならないのかという、さっきまでとはまた違った疑念も湧いていた。

「もちろんそうだけど？　それはそうと、未雲は暑くないの」

津久井は鍵をドアに挿しこみながら、中に入るようながす。

「もちろんそう、って……」

未雲はつぶやく。しかし、津久井は訊かれたことにはすべて答えたといわんばかりに、さっさと部屋に入っていく。未雲はまごつき、迷った末にその後を追う。

「喉渇いてない？　ビールぐらいしかないけど」

これをどう思えばいいのか。まるでもう、わからない。ここは津久井の住まいなのだから、津久井主導で呑むのもいい。だけど、そういう話なのか。津久井は冷蔵庫から外国産のビールを取り出す。お洒落《しゃれ》なデザインの瓶だ。栓を抜いて、手渡してくる。未雲はほとんど自動的に受け取って、口をつける。

——結局、その件について、未雲はそれ以上訊けなかった。津久井の見解は、外廊下で示された以上のものはなく、未雲の知らないところで第三者を部屋に引っ張りこもうとしたことに関しても、たいした意味はないらしかった。

「僕は、未雲を大切に思ってるし、つまらないことで離れて行かれるのは寂しいことだけど、それもしかたがないとわかってもいるよ」

美しい、ほとんど無垢《むく》な二つの眸《ひとみ》は、貴石のように瞬《またた》いていた。

すべて、織りこみ済みと言われているようなものだった。

そういう相手に対し、謝れなどと言えるだろうか。いや、要求すれば、津久井はそうしたかもしれない。しかし、そんな謝罪にはなんの意味もないのだ。

津久井になんら、悪気がないというのはそういうことだった。

薄闇の中、未雲は目を開けた。

行灯の淡い光が、見上げる天井をぼんやりと照らしている。

ふと芳《こう》ばしい香りが流れてきた。目を向けると、座卓の前にあぐらをかいた広い背中がある。

積田はむこうを向いて、タバコを吸っていた。その後ろ姿は、ひどく頼もしく見えた。なにか揺るぎのない、堅牢な船のようだ。マザーシップ、という語が浮かび、その連想に我ながら単純だなと苦笑が漏れた。

眠っていたのだろうか。とろとろとした短いまどろみの中で、現在と過去の間を行き来していたように思う。初めて、津久井の裏切りに遭ったときのこと。

いや。津久井からすれば、裏切ったつもりなど一切ないらしいと知ったことのほうが、もっとショックだったのだが。

津久井は嘘《うそ》はつかない。その後も似たようなことが繰り返されたし、悪びれない津久井に対し、責めるほうが愚かしいというものだった――愚かだと、いつしか未雲も思うようになっていた。無駄なんだと。

津久井の思考は、いたってシンプルだ。嫌なら離れて行けばいい。開き直った態度ではなかったが、そんな考えであることが全身から発せられている。未雲がそこまで無理をして、津久井の恋人でいる必要もないのだと、いたってフラットにそう思っている。

津久井にとって、誠意とは嘘を言わないことであり、恋人がいるからと他の誰かの誘いを断わるほうが、心を偽るということになるらしかった。誘惑は数限りなくあっただろうし、応じたければそうする。

最初の一回に象徴されるように、津久井は、未雲が強要すれば誘いに応じない。修羅場《しゅらば》を潜《くぐ》ってまで、つまみ食いをするほどでもないと考えている。だがそれは、ただめんどうだから手放すだけで、たび重なれば、未雲のほうがめんどくさいということになるのだろう。

怖かった。めんどうだと思われることが。それに、嫉妬《しっと》深い恋人による束縛、と考えれば口やかましく咎《とが》めるほうが野暮というか、子どもだ。そして未雲は、子ども扱いされたくないのだった。

いついなくなっても不思議ではなかったのかもしれない。津久井が津久井である以上は。目覚めてなお、夢に囚《とら》われている。そこまで考えたとき、ようやく思い当たって、未雲は振り切るように身体を起こした。気配を感じたか、積田が振り返る。

「起きたのか」

「――何時？」

「だいたい五時前かな」

積田は、卓上の携帯電話をちらり見やって答える。

「はやっ」

「旅先だからな。ありえない時間に目が覚めるよな」

積田は、横顔で笑う。

「旅先っつうか、実家じゃん」

「いや、厳密には実家じゃないし。未雲ちゃんだって、あの店が実家だとは思わんだろ」

「……たしかに」

「プティ・シモール」は、母親がやっている店で、自分はそこでアルバイトしているというだけだ。

考え、そういえば積田も自分も、商家の息子なんだなとあらためて気がついた。まあ、積田式を適用すれば、未雲のほうは厳密には商家ともいえないのだろうが。積田の父親も兄も、この宿の仕事に従事しているらしいのに対し、未雲の父親は、店とはなんの関係もない。

似ているようで、ちょっと違う。でも、その似ている部分だけを見て共感したりもする。

津久井とは、こんなふうにわかり合うことがなかった。

ふと過った想いに、未雲はぎょっとした。どうして今、積田を津久井と比較するようなことをしなければならないのか。

「……やっぱ、もうちょっと寝る」

それ以上会話を続けると、もっとあれこれとよけいな考えが湧いてきそうだった。そんな複雑な感情は、要らない。未雲は這《は》い出した布団にふたたび潜りこむ。積田がかすかに笑う気配がした。

今日も晴天で、朝から蟬《せみ》の声がやかましい。

積田の家族が営む旅館で朝食を摂り、十時近くなって二人はまた宿を後にする。

「もう一泊していったら？」

大女将である母親から、ねだるように言われ、

「いや、すでに腹一杯なんで」

積田が、よくわからないいいわけをしている。さらには、土産らしい紙袋を受け取った。

未雲にとっては八歳も離れた大人の男だが、家族にとっては次男坊なのだろう。今日も凜《りん》として和服を着こなした、新旧両女将が二人を見送る。

「はー。タダとはいえ、やっぱめんどうだわ、あいつら」

まだバックミラーに姿が映っているのに、積田はうんざりしたようにつぶやく。こちらの音声が届くはずもないが、

「そんなばちあたりな」

と、未雲はたしなめた。

「いい家族じゃん。お母さん美人だし、義姉《ねえ》さんも超キレイ」

「そりゃ、未雲ちゃんからすれば他人だからさ。俺はもう、飽きるくらい見馴れてんだよ」

積田が抗弁してくる。

「今はそうかもしれないけど、いつか知るんだよ、失った後で。まぶしかった時を」

「えーと、松田聖子の『制服』だっけ」

引用元を正確に当てられ、未雲は驚いた。

「てか、未雲ちゃんいくつよ？　なんでそんなもん知ってんの」

「母親が信者だから。ちなみに、『赤いスイートピー』のB面ね」

「まあ、今B面とか言わないけどね……じゃ、なんだ、武道館ライブに行っちゃったりするんだ？　あのお母さん。それこそ、超美人の母さんが」

そう言われると、たしかに見馴れすぎていて、母親の容姿など今頃言われても関係ないと思える。なるほど。

それにしても青空だ。まぶしいとはこのことだ。車の中にいても、さんさんと射しこんでくる陽光。

「さて。では、十割蕎麦を……」

積田が、この期《ご》に及んでボケる。

「蕎麦は当分いいから。黄昏の実家」

「うーん。いいけどさ」

その件となると、どうも昨日から積田の態度は切れが悪い。

「なんか、ひょっとしてワケアリ家庭だったりするのか？」

気になって訊ねると、

「そう。なので、パスしない？」

そんな返事だ。

「しない」

「……わかりました」

未雲の意思は揺るぎないと思い知ったか、積田はあきらめたように首をすくめた。

昨日は通らなかった民家の間を、車は走って行く。頭上に坂道が見えた。身を潜めた実験室の匂いが、幻のように蘇る。高校生たちは、今日もあの、エアコンもない校舎に集まるのだろうか。

青々とした段々畑を左手に見ながら進み、やがて車はそんな農道のひとつに入っていく。ややあって停まったのは、一軒の民家だった。変哲もない灰色の建物で、近隣の家同様、広めの庭がついている。

車から降りて、未雲は表札を確認した。「津久井」。間違いなく、ここが津久井の実家であるらしい。

意外の念に打たれた。あの、誰とも違う稀《まれ》な男が育った——少なくとも、中高の六年間をここで過ごした家なのか、ここが。

門柱についた呼び鈴を、積田が押している。誰か出たのだろう、身をかがめてインターフォンに来訪を告げた。

ほどなくして、玄関のドアが開く。出てきたのは、四十に手が届くかという年回りの女で、またも未雲は驚く。津久井の母親？　思わず、傍らの積田を見上げた。積田の横顔はまったく動かない。女が門までたどり着いた。

「ああ、あなたなの。お久しぶり、積田くん」

ハスキーというよりはしゃがれたような声が言って、はじめて積田は笑みを浮かべた。

「どうも。ごぶさたしてます」

「たしか東京に行ったのよね。仕事じゃないの？」

「夏休みですよ、ちょい早めの」

未雲は無言で、津久井の母親の骨ばった身体つきや、くすんだ肌を観察した。それでも、てろんとしたナイロン地の、ルーズなラインのワンピースを押し上げる胸は身体に較べ豊かで、肌は荒れているがしみなどもない。第一印象以上に、若いのかもしれない。しかし、そうなるとやはり、津久井の母親にしては年齢が合わないことになる……。

開いたままの玄関のドアから、子どもが二人、こちらを覗いているのに未雲は気づいた。どちらもまだ小学生だろう。津久井の弟たち？　未雲の胸に、また疑問の灯《ひ》がともる。

「――上がっていく？　散らかってるけど」

母親は、はじめて気がついたように未雲を見た。投げやりに言う。

「いや、おかまいなく。黄昏は、こっちに来てますか」

積田は、さらりと用件を口にした。

「黄昏さん？」

フェイスラインにかかった、艶《つや》のない髪がぱさりと揺れる。

「いいえ——もう十年も顔さえ見てないけど、なにか？」

未雲にとって、最後の綱が切れた瞬間だった。

「そうか。いや、ちょっと連絡とれないんで、気になって」

「なにそれ。私が、帰りにくい空気作ってるせいだっていうの⁉」

積田の口ぶりは、あくまで快活なものだったのに、相手はなぜか気色《けしき》ばんで、未雲を驚かせる。

「そんな意味じゃないですよ。気に障《さわ》ったならすいません」

およそこの笑顔を向けられて、悪い気のする人間などいない。未雲はそういう認識だったが、津久井の母親は険を解かないまま、

「そりゃあね。私たちは赤の他人でしょうよ」

と、吐き捨てた。

「だけど、戸籍の上では家族ですからね。少しは助けてくれてもいいんじゃないの。まだ小

さい子どもたちを抱えて、私一人が毎日毎日働かされて。もういいかげん疲れたわよ、そう言っといて」

「わかりました。連絡がついたら、言っときます」

「――言うのか？」

まさに門前払いというか、払われる前に退散した後、未雲は小声で訊ねた。積田がちらり、こちらを見下ろす。

「言うわけないじゃん」

「だよな……」

少し沈黙があった。車に戻るまで、互いに言葉を発さず、ただ並んで歩く。

「まあ、そんなわけで」

運転席でエンジンをかけながら、積田が口を開いた。

「実家に行っても百パーセント、無駄かと」

先に言えよ、と思うが、再三言われている。ただ、どうして無駄なのかを教えてはくれなかった。しかし、話を聞くだけで自分があきらめたかというと、おそらくあきらめない。どちらにしても、あの実家と母親、そしてどうやら血のつながらない弟たちに、津久井が好んで顔を見せるようなことは決してないと、ようやく未雲は理解した。

「お母さんて、後妻？」

訊くまでもないことかもしれなかったが、確認する。

「後妻だけど、二番めの、だな」

「——？　ええと……」

二番めの後妻、という日本語はありうるのか？　とすら未雲は思った。すぐに、

「お父さんは、三回結婚したってこと？」

可能性に気づく。

「そう。二度目の結婚のときにこっちに来て、すぐに新しい彼女ができて別れたらしい」

それが、さっきの女か。

「なんか、すぐに女の子と仲良くなっちゃう系の人だったらしいぞ」

「……まあ、いるよね。そういうタイプ」

ゲイである未雲には、一生理解できない心境かもしれない。しかし、男女を逆にすれば、津久井が間違いなくその性質を受け継いでいるとわかった。

「でも、じゃあ弟二人っていうのは、二番目の」

「いや、弟たちは、さっきの人の連れ子。町のほうにある店で働いてて、知り合ったみたいだな」

つまり、赤の他人ということだ。津久井の戸籍上の母親が、さっきそう言っていた。あれは、その言葉通りの意味だったわけだ。

「それで、お父さんは？」

「亡くなった。黄昏が高三のときだ」

「ああ……」

実家に寄りつかない理由もわかる。たしかに、他人しかいない家を実家とは、未雲だって呼べない。

「ちょうど受験の時期だったけど、黄昏は推薦で大学決まってたし。そんな事情だから、担任が申請して、学費免除で入れたしね」

「それって、特待生ってやつ？」

積田は、ああ、と答えた。

「黄昏は、成績はいつもトップ争いしてたし、まあ品行方正で内申もよかったから」

「すごいんだ……」

現在の津久井と、優等生という語は未雲の中では結びつかなかったが、特別扱いを受けるという意味ではうなずける。おそらく、積田の言っているのはそういう話ではないのだろうが。

「じゃあ、黄昏のほうがツンより成績上だったってこと？」

「俺と較べるなよー」

積田が苦笑するのに、

「だって、黄昏は私大で、ツンは国立だし」

比較の根拠を提示すると、相手はいやいやとかぶりを振った。

「黄昏のことが羨ましいというか、正直妬《ねた》んでおりましたよ。たいして勉強もしてないのに、なんであんな点数がとれるのかと」

「一橋《ひとつばし》なのに？」

「俺はそんな、頭はよくないから」

「……『一橋』と『大学』の間に、国際《こくさい》とか平成《へいせい》とか、実は入っちゃう学校だったり？」

「努力したからな。勉強はまんべんなくできた」

一瞬、積田に対して芽ばえかかったシンパシーが、たちまち敵意に変わる。

「結局、自慢かよ！」

未雲のつっこみを、聞こえなかったかのように、積田は続けた。

「だが、突出したものはなかった。なにも」

未雲は口を閉じた。それで「なにもなかった」と言われても、と返す言葉はいくらでもあるが、きっとそういう話ではないのだ。

「小論文が鬼のように上手い奴、てにをはレベルで日本語が怪しいくせに、習ってもいない数式をすらすら解いてしまう奴……それなりの高校だったけど、中にはいるさ、そういうのが。勉強してなさげなのに、常に学年ベストテンに入ってる奴とか、な」

津久井がそうで、そういう津久井を、積田は羨んでいたという。およそコンプレックスなどなさそうな男だが、葛藤《かっとう》の多い青春だったと？　――想像できない。

「成績以外のことだって、黄昏は独特だった」

積田は、正面を向いたままで淡々と言う。

「自意識過剰っていうの？　思春期なんて、そんなもんだよな。人から自分は、どう見られているんだろう、しょうもない馬鹿とか思われてるんじゃないのか……だけど、あいつは違った。誰とも狎《な》れ合わず、迎合もせず、他人の目なんてまるで気にならないなんていう、涼しい顔して」

「そういうのが、羨ましかったのか？」

「少なくとも、俺には無理だったから。黄昏のああいうところ、真似《まね》したくてもできない」

未雲は考えこんだ。どちらかというと、今現在の積田のほうが、そういうマイペースというか、人目など気にしないキャラに思える。だが、十年も前にどうだったか、という話なら今とは違う積田がいても不思議じゃない。

「つまり、ツンは黄昏に憧《あこが》れてたわけ？」

そう指摘して、返答を待つ。

「うーん。認めたくはないが、そうかもな。はじめのうちは、ちょっとイラついたりしたけどな。あいつ、カッコいいんだもん」

「って、全面降伏かよ」

少しは敵対視とか、対抗意識はなかったのかと言いたい。

「憧れるあまり、近づいて、俺を下僕にしてくださいなんて言ったわけじゃない」

積田は、唇を尖《とが》らせた。

「ツクイとツミダで、出席番号が常に前後してたから。当番とかで、嫌でもいっしょになったんだよ。最悪、ペア組まされるとか」

「最悪って……」

だが津久井は、積田には心を許していた。ある意味、恋人にも見せない一面を、積田には晒《さら》していたのではと思う。根拠はないが、積田も津久井を特別視していたことが、今あきらかになったではないか。

「近くからあいつを見てると、せこせこ予習復習に励んだり、この辺りには塾なんてないから、放課後、電車で三島の塾に通ったり……そういう自分がみじめったらしく思える。努力もせずに、なんでもできやがるんだ。俺たちの頭上を、ひょいと飛び越えていく感じ。それで他人に関心なさげにしていられたら、なんというか――」

積田は珍しく、眉を寄せた。

「己の卑小さについて、そう毎日思い悩みたくなんてないだろ。そういうことだ」

「……どういうことなんだか」

未雲は小さくつっこんだが、積田は反応しなかった。

道は空《す》いていて、車は信号に引っかかることもなく快調に進んでいる。往路を逆にたどっているのだ。もうじき、伊豆スカイラインに乗る。

未雲に、それは嫌だと言う権利はない。ここにも津久井はいなかった。津久井の不在が、また貯まった。どのくらい貯めたら、褒美がもらえるのだろう。そんなせせこましいことを考えたりするから、会えないのか。

ふと気がつくと、車が停まっていた。運転席を見ると、積田がいつになくまじめな顔をしていた。珍しいというより、およそ初めて目にする表情に、未雲はやや怯む。

「なんだよ」

つい、邪険な物言いをしてしまう。

「――実は、まだ心当たりがある」

「えっ」

未雲は目を瞠った。最前の自分の態度を思えば、そこで軽々しくすがりついたりできないはずなのに、そんなこともすっかり忘れていた。

「黄昏の居場所、ってこと？　やっぱりツン、知って――」

「勘違いすんな。ただ、心当たりがあるってだけだ」

積田はなぜか、心外そうに言う。

「どこ?」

「滋賀の坂本っていうところ。延暦寺《えんりゃくじ》の麓《ふもと》だ」

「滋賀って……」

遠い。というか、行ったこともないから、どのくらい遠いのかもわからないくらい遠い。

「なんでそこに、黄昏がいるって」

「こっちに来る前、というかあいつが生まれ育った場所だから」

「あー……」

理解した。そういえば、修善寺には中学のときに来たと積田が言っていた。積田であって、津久井から聞いたことではない。その差は、ここから滋賀までの距離より長いと感じる。

「ま、未雲ちゃんに行く気があればだが」

「行く」

未雲は、運転席ににじり寄るようにして即答した。

「かなり遠いし、今日中には着くだろうが、無駄足だったときに、貴重な休日をふいにすることになるけど、いい?」

「もともと、黄昏を探すためにとった休みだから」

積田は、二、三度瞬《まばた》きをした。

「そうか。わかった」

車がUターンして、反対方向に修善寺から離れていく。

未雲は、自分の言葉について考えた。津久井を探すため……この旅は、すでにそういう性質のものでなくなっている。そのことを、自分はわかっている。

通っていた大学、住んでいた町。デートで訪れた場所。そんなところに、津久井が佇んでいるわけはなかった。

おそらく、津久井は未雲を待ってはいない。だけど、旅をしている間は、そのことに直面せずにすむ。だから、続けるのか。

なにか違う気がした。直面したくないものは、もっと他にある。

直視したくないのだから、しなくていい。未雲は思考を途中で放棄した。たぶん、それは逃げだ。いつまで目を逸《そ》らしていられるのか。

投げやりな気分を乗せて、アクアはひた走る。

「さて、どこでメシ食うかー。やっぱここは、沼津ぐるめ街道を攻めないわけにはいかんよな」

旅の相棒はといえば、あくまで暢気である。

「食うことばっか考えてんだな」

「あたりまえじゃん。飯は基本、というか基本は飯だ」

「順番入れ替える意味って、なんだよ？」

「説得力のダメ押し、かな」

積田がこういう男であることで、ずいぶん助かっている。甘えてはいけないと思うのに、時に脱力させられるやりとりは、心地いい。

また、行ってはいけないほうに考えが向いてきた。未雲は手を伸ばし、カーステレオのスイッチを入れる。とたんに、賑《にぎ》やかな音声が車中に溢れ出した。ブラスバンドの演奏と鉦《かね》や太鼓の鳴り物。高校野球の応援だ。「――三番、当たっているナオノですが、ここはやはりバントですか？」「ナオノくん当たってますけどもね、確実に得点圏にランナーを送らなければなりませんね」、実況のアナウンサーと解説者のやりとりも、なぜか毎年聞いている気のする、お馴染み感漂うものだった。

「――あんた野球好きだね」

「ん？　たまたまだろ。あー、もうそんなシーズンかー。どことどこがやってんの？」

「知らないよ。俺だって、甲子園始まってるなんて知らなかったし」

積田が興味を示しているから、ＦＭに切り換えていいかと訊けない。未雲は口を尖らせたものの、猥雑《わいざつ》な音に耳を澄まし、

「浦和学院《うらわがくいん》と明徳義塾《めいとくぎじゅく》だって」

と報告した。

「なんという新鮮味のないカードだ」

「新鮮味ないって。名前で出場してるわけじゃないし、せめて強豪校対決とか言ってやれよ」

「だってさ、たまには都立西対灘《にしなだ》、みたいな試合があってもいいと思わないか？」

「……天変地異でも起こらない限り無理だろ。起きても無理だと思う」

「うわ、未雲ちゃんたら毒舌！　てか、そのビッグカードじたいがすでに天変地異だけど」

「どっちが毒舌なんだか……」

それでも、甲子園の熱闘は、どこかノスタルジックな感慨を未雲に運んでくる。高校野球に関心があったのは、自分が高校生のときまでだった。二十歳のある日、見るともなしに試合を眺めていて、こいつらは俺より年下なんだな、と気づいたら急に醒《さ》めた。おそらく、夢中で見ていた頃に、「お兄ちゃんたちが頑張っている」的な固定観念を植えつけられたためだろう。

「野球選手と演歌歌手は、絶対年上ってイメージあるよな」

すると、同じようなことを積田が言って、未雲を驚かせた。

「あるある。偉い人はみんな、自分より年上」

「まあ未雲ちゃんなんかはまだ、どこ行っても若手で通るだろうけどさ。俺なんか、同い年のプロは普通に中堅扱いだし、年下の横綱はいるし、高校野球でいったら監督世代に突入なんだぜ」

「うちの親父は、監督どころか校長先生目線で甲子園見るって言ってた」

「それもキツイなあ……うわ、スクイズ失敗か。気の毒だ」

それから、ひとしきり野球話が続く。もっともみっともないアウトはスリーバント失敗か、ダブルプレーでホースアウトかで揉《も》めたところで、沼津インターチェンジに入る。とんこつラーメンの旨い店があると、積田は昼食のプランをもう決めているらしい。

昼食休憩をとった後は、ひたすら西を目指して走る。有料道路を駆使しても、五時間はかかるという。

五時間。帰りも同じような推移だろう。明日で三日間の休暇も終わる、と思い、未雲は帰路のことを考えている自分に軽く驚いた。

津久井が見つかるまで帰らない、みたいな勢いで始まった旅のはずが、これではただの物見遊山だ。府中に行ったときに思ったことが、より強く感じられる。ラーメンはなるほど旨かったけど、グルメツアーをやっているわけではない。

旅が続く限り、「終わり」と向き合わずにすむ。だから、帰りのことなんか考えない。数時間前にはそう思っていたのに。ひとたび楽しいと感じてしまうと、自重とともに反省が作動するみたいだ。

たしかに、積田と他愛ないやりとりをしながらの道中は快適だ。それがいけないのか。

沼津で頭の真上にあった太陽は、東海ジャンクションを過ぎる頃はだいぶ傾いていた。

名古屋に入る前に、渋滞に嵌まったせいだ。サービスエリアのたびに、団子だのアメリカンドッグだのを買うと言ってきかない積田だったが、さすがに今は素通りして車を走らせていた。

飛島インターチェンジで、最後のトイレ休憩に入る。

用足しをしない未雲は、飲み物を求めて売店のほうに向かう。外に並んだ自動販売機に向かって歩きながら、ふとめぐらせた視線の先に、そそくさとトイレに入っていく積田の姿が映っている。

緑茶のペットボトルを買い、ふたたびトイレのほうを見た。少し時間がかかりすぎていると思い、なにかが胸に引っかかる。

未雲はトイレに向かった。小用のほうに、積田はいない。さっさと用を足して出て行くドライバーたちを見送って、手持ち無沙汰を感じたとき、積田の声が聞こえた。

使用中の個室は、一つしかない。未雲はその隣に、そっと入る。そんな必要もないのに足音を忍ばせたのは、堂々としていい行為ではないとわかっているためだろうか。

だがすぐに、そんなことはどうでもよくなる。

「――から、未雲ちゃん連れてくから」

積田は、はっきりとそう言っていた。携帯電話で、誰かと喋っているのだ。

誰か……。

「んなこと言ったって……だろ。――んじゃねえよ」

水音に、ところどころ掻《か》き消されながらも、切れ切れの声に未雲は耳を澄ます。

「……だいたいおまえが――んで、ちゃんと話を……、ひきょ――そういう……もかく……逃げんなよ」

最後のフレーズだけは、なぜか明瞭《めいりょう》に届いた。

逃げんなよ。

誰か――津久井だ。間違いなく、積田の電話の相手は津久井だった。

言葉の断片を繋ぎ合わせると、積田は津久井に対し、未雲を連れて行くと宣言したのだろう。津久井はおそらく、滋賀の坂本というところにいる。

その少し前には、「卑怯」と聞こえるフレーズがあった。なにも言わずに未雲の前から姿を消したことに対する非難、なのだ。

つまり、積田は津久井の居場所を知っている。いつから？　――最初から。

ぶわりと怒りが未雲の頭で生まれ、たちまち膨張した。

「お帰り。どこまでお茶買いにいってたんだ？」

車に戻ると、先に帰っていた積田が、からかうような笑顔を向けてきた。

これまでずっと、未雲を慰め励ましてきた積田の笑顔が、電話の声を聞いてしまったことで、イカサマだったと感じる。隠し事を気づかせないための、懐柔の笑みだったとまで思う自分は、心が狭いのだろうか。

いや、騙《だま》したのは積田だ。未雲は目を眇《すが》めた。

「連絡取れてたんだな、黄昏と」

不気味なぐらい、抑揚のない声が出た。

積田の顔から、笑みが消える。未雲が言わんとしているところを察したのだろう。

「――おトイレで盗み聞きなんて、はしたないなあ」

それでも飄逸《ひょういつ》として言う。

「人を騙すよりはましだよ」

「まあ、それを言われるとね。一言もありませんや。すまん」

率直な男だ。少なくとも、卑怯ではない。すぱっと謝られれば、それ以上詰るほうが大人げない。だけど、そんなに立派な人間が、人を欺き続けるだろうか。津久井が消えて、落胆し悩んでいた未雲の、苦しむ姿を目の前で見て、なおほんとうのところを明かさなかったのだ。やっぱり卑怯ではないとはいえないと、未雲は思い直した。

「……俺、訊いたよね？　何回も。ほんとは黄昏の行方、知ってるんじゃないかって。なにがあってそうなったのか、知っているなら教えてほしいって」

未雲の中で温まった怒りが、一気に燃え上がる。とてつもなく理不尽な目に遭ったと思う。

それを、ずっと傍《そば》にいて、なおやり過ごしていたかと思うと、積田を信じていた自分が馬鹿みたいだ。

「二人で俺を騙して、喜んでたんだな。あんたはそれを、いちいち経過報告してたわけだ、親友の黄昏に」

「未雲ちゃん。それは違う」

「そんなつもりはなかったって？　俺からしたら、そうだとしか思えないけどね。知ってるくせに知らないって、よく言えたよな。親切ぶって、探すの手伝ってくれるなんて。あんたのほうが、黄昏より悪質だよ。ただ自分が愉快がりたいだけで、いい人のふりをしてさ。最低だよ。なんだよ。結局、俺、引きずり回されただけじゃんか、あ、あんたらに」

怒りにまかせて言いつのるうち、語尾がもつれた。未雲は口を閉じる。こちらを見つめる積田の眸が、次第に厳しい色を帯びていくのには気づいていた。

それでも、理は自分の側にだけあると思っている。積田は、罵《ののし》られて当然のことをしたと。なのに——険しくなった顔を見て、内心竦んでいるのは、どうしてなのか。

口の中が、乾いていく。

「俺は、未雲ちゃんが困ってるのを面白がったり、笑いものにするためにつきあってたわけじゃない」

積田は静かに、だがきっぱりとした口調で言った。

「うそばっか——」

「嘘だと思うんなら、それでいいさ。そんなくだらないことのために、ここまで未雲ちゃんを送ってきたって思うなら。なにをどう解釈するかは、それぞれの勝手だしな」

「ああ。そう思っとくよ」

言い返したが、怒気もだいぶしぼんでいた。積田のとった行動が、すべて正しいだなどとは思わない――思いはしないものの、自分が言い過ぎたともわかっている。

なにより、もっとも悪いのは、ここにはいない人間なのだ。

不在の津久井への分まで、積田を責めた。そういう自覚はある。だからといって、今さら放った言葉を帳消しにはできないし、したくもない。

「んじゃ、まあ、どうする？　これから」

積田は、いつもの鷹揚な口調で訊ねる。

冷やりとした。飄々とした態度を装ってはいても、その顔の下に静かな怒りが広がっているように感じた。腰から肩甲骨の辺りまで、冷たいなにかが上ってくる。

怒らせるつもりではなかった――相応の罪悪感を味わわせるだけでよかった。だが未雲はあきらかに言い過ぎ、それは積田の中で疾しさを凌駕したのだろう。

問題は、どう答えるかだ。このまま積田と行けば、津久井のところにたどり着ける。そうするにせよ、会わずに引き返すにせよ、もう自分はこの車に乗っていてはいけない。どちらにしろ降りて、勝手にしろというのが積田の見解なのだ。

所在がわかっているのに、津久井に会わないで引き返すのはありえない選択肢だ。要するに、この先の交通手段の問題なのだろう。

「っておいおい、未雲ちゃん」

ドアロックを外した未雲の肩を、積田はむんずと摑む。

「！　なんだよっ」

「あ、今ごろトイレ？」

「…………」

振り返った未雲に、積田はにやりとする。もう怒ってはいないのか？　さっき感じた冷たい怒気は、どこにもない。

「……、黄昏の居場所を教えて」

「聞いて、どうすんの」

「一人で行く。別に金ならあるし、交通手段だって」

「最寄駅まで歩くって？」

もちろん未雲だって、自分の言に現実味がないのはわかっている。いったいここが何県で、滋賀まであとどのくらいなのかも知らない。言うまでもなく、最寄駅がどこかなど、見当もつかなかった。

「駅まで送ってくれたら……」

それで少し、妥協した。同時に、ここまでのガソリン代も払わないとな、とも考える。

だがそれは、東京に戻ってからでないと無理だ。

「あのなあ……俺の電話、盗み聞いたんだろ？」

「……聞こえたのは、ツンのセリフだけだよ」

「あたりまえだ。犬じゃないんだから……俺は、未雲を連れて行くって、黄昏に言ったんだけど」

未雲はうつむいた。それは、このまま車に乗っていていい、ということなのか。

「聞いた」

「じゃあ、連れてくから黙ってそこに座ってなさい」

目を上げると、積田は口角をきゅっと上げ、大きな笑みを作っていた。

「俺も、未雲ちゃん騙し続けるのは嫌だしな。かといって、一人で修善寺まで行かせるわけにもいかない。それはあきらかに無駄足になる——とはいえ、黄昏だって当事者だし、あんな奴だが五厘ぐらいの人間味は認めてやるってところで」

「……うん」

積田はそれ以上はなにも言わなかった。

しかし、未雲には続く言葉がわかるような気がした。腐れ縁みたいなことを言っていても、やはり積田は津久井に対し友情を感じている。高校時代の葛藤を聞いて、それが未雲にも伝わってきた。
ふたたび車が走り出し、会話はそれきり途絶えた。いったん切ったカーラジオはオフのま
ま、黙りこくったドライブになる。
幾つかのジャンクションを過ぎ、京都に入った。インターチェンジで高速を下り、あとは
一般道に入って、延暦寺を目指すことになる。
七時前だが、まだ外は明るい。左右に流れる町並は、未雲は初めて目にするものだ。ぽつ
ぽつと灯ったネオンが、喘《あえ》ぐようにぱっぱっと後ろへ流れていく。
解けかけた旅路の糸が、危ういところでまた繋がった。
自分が望んだものが、津久井へたどり着くことなのか、それとも旅そのものなのか、未雲
は無意識のうちに考えている。
最初はもちろん、前者だった。しかし今は、少し違ってきている。そのことは、認めない
わけにはいかない。
厳密にいえば、津久井も積田も、自分を裏切った。なのに、二人に対して今、抱く想いは
それぞれに同じ罪を問うものではない。悔しさも哀しさも、少しずつ違う。まるでグラデー
ションをかけたみたいに。
それがどういうことなのか、だがわかることが怖い。どんな色で形をしているのか、まだ
知りたくない。

やがて遠くに、ゆるやかにカーブした山のシルエットが見えてきた。

「あれが比叡山《ひえいざん》？」

久しぶりに声を出したような気がする。未雲の問いに、「ああ」と積田も、久々に聞く声で答えた。

「——ツン、来たことあるんだ？」

「ガキの頃、ボーイスカウトで。びわ湖《こ》バレーっていうキャンプ場」

「ぼ、ボーイスカウト⁉」

「なんだよ、なにかおかしいか？」

積田はむきになったふうに言い、

「まあ、そりゃおかしいよな。おまえがボーイスカウトって柄かよ、と今までにもさんざんつっこまれ。いちばん納得いかないのは、俺本人だっつの」

自分で落とす。

未雲は、町中でたまに見かけるあの特徴的なユニフォームを、頭の中で積田に着せてみたが、まったくそぐわなかった。というより、不気味だ。

「小五までだって、だから！」

なにを想像されているか、わかったのだろうか。心外そうな顔つきより、その勘の鋭さが恐ろしい。見ていないようで見ている、気づいているのにいないふりをする。磊落《らいらく》な、大人の男なのだ。

ＪＲの高架下を抜けたところで、積田は車を止めた。

ダッシュボードに置いた携帯電話を摑む手を、未雲は視線で追った。マスコットの香車が揺れる。

「――あ、俺。うん。今、坂本駅。そっちは？」

言葉を切り、積田がこちらを見る。

「……わかった。今からそっちに行く」

「黄昏から？」

確認する必要もなかったが、未雲は問う。積田はうなずき、聞き覚えのあるようなないような店の名を告げた。ファミレスらしい。延暦寺への参道の途中に、それはあるという。

「そこで待ってるって。二百メートルぐらいだから、歩けるよな」

無造作に積田が言い、未雲は、え、と訊き返した。

「俺、一人で行くの？」

「そりゃそうだよ。俺はあくまでお供ですから」

「そ、そんな」

動き出した車の中で、未雲はみっともなくもうろたえはじめる。あれほど探して回ったというのに、いざ津久井と顔を合わせるとなると、心の準備ができていない。

「ありえねーだろ、今頃になって」

だが未雲の、個人的な畏怖《いふ》などにはおかまいなし、といったていで積田は笑う。

「これは、未雲ちゃんと黄昏の話なんだから」

あらためて言われたとき、未雲は胸の痛みをおぼえた。

どうしてなのかなんて、言うまでもないことだ。

——たしかに、「今頃になって」だ……だが、それは修善寺を出る前から、未雲が向かい合うことを恐れていた想いでもあった。

「わかったよ。じゃ、行ってくる」

腹を括《くく》るしかないようだ。未雲は、シートベルトを外した。

「——未雲」

車から降り立った瞬間、真面目《まじめ》な声が呼ぶ。

「俺がなんのために、このラブでパッションなチェイスに加担したと思う？」

言葉の選び方は、やっぱり半分ふざけているようで、しかし積田の口調は真面目なままだった。表情もきっと、そうなのだろう。薄暗い車中から、あの強いまなざしでこちらを見ている、と思った。

「……黄昏が三行半《みくだりはん》をつきつけられるところを見たくて？」

そう答えたら、ファミレスまでつきあってくれるかもしれない。

「ばーか。そんなの見たいなら、断わられてもくっついてくわ」

積田はちょっと笑った。その後、なにかぼそりと言ったが、ちょうどそのとき頭上を電車が通過して、未雲は正面に向き直る。放射熱で温まった舗装道路を歩き出した。

関西の暑さは、東京のそれとはまた違った過酷さがあると知った。二百メートルは、長い。ずっとエアコンの効いた車の中にいたから、なおさら格別なのか。

言われた店は、すぐに見えてきた。着かなければいいのに、と一瞬考えた。

しかし、あの店に未雲が入ろうと、踵を返して逃げ出そうと、すでに旅は終わっているのだった。


夕飯時だが、ファミレスはあまり混雑していなかった。夏休み中とあって、高校生らしい集団が目立つ。

これまた高校生のアルバイトらしいウェイトレスに誘導されて、未雲は店の奥へ足を踏み入れていく。

「——あちらの方でいらっしゃいますか?」

少女の声に問われるより早く、未雲は見出した。

テーブル席を一人で占領して、どこか所在なげな津久井黄昏の姿を。

6

どうしてだろう。あれほど求め続けたはずの恋人を見ても、未雲の胸にはたいした感慨が生まれないのだった。

津久井と向かい合って座りながら、未雲はそんな自分の気持ちに軽く衝撃を受けている。真向かいには津久井がいて、未雲が言いたいことを言うのを待っているというのに。

そういう気持ちを察知されないように、未雲は時間をかけてメニューを読む。津久井の前には、コーヒーカップが一つ。お代わりは無料らしい。ウェイトレスが、サーバーを手にフロアを回遊しており、店内に焦げついたような香りを巻き散らす。

彼女が津久井のところにコーヒーを注ぎ足しにきたタイミングで、未雲はアイスコーヒーをオーダーした。こちらも、お代わり自由となっている。

よほどのインターバルをおいてから、未雲は顔を上げた。

おおよそ半月ぶりの再会だ。津久井は少し、痩《や》せただろうか。もともとシャープだった顎のラインが、よりいっそう尖っている。

逆に、まなざしはよほど柔らかく、痩せてはいるが荒《すさ》んだ感じを受けないのはそのためなのだろう。あい変わらず美しい顔には険がなく、ひとを緊張させるような威圧感も消えているようだ。

それは今の生活が充実しているから、と思い、さすがに嫌な気分になった。

それでも、「とりあえず」と、なるべく平静な声を発した。

「元気そうでよかった」

言ってから、こういう場面でそのセリフっていうのも、どうなんだと己で己につっこみを入れる。

津久井は、わずかにみじろぎをした。

「未雲もね」

つっこみを入れた未雲に、つっこみ返した。どうなんだといえば、津久井のほうがよほど酷《ひど》いだろう。

「元気だったと、本気で思ってるわけ」

先の誓いなどどこへやら、第二声はとげとげしいものになる。

「そうとでも思わないと、心配になるだけだからね」

「――まるで、厄介なお荷物みたいに言うじゃん。いちおうは、つきあってたんだと思ってたけど。俺の気のせい？」

「いや」

皮肉をさらりと受け流す。津久井の落ち着きが不可解だ。

「僕は、未雲を大事にしているつもりだったし、別れも告げずに去るなんて、冷たい人間ってことなんだろうね」

「そんなことない、とは口が裂けても言えないけどね」

他人《ひと》ごとを話すみたいな津久井が、そういう男だとわかっていても歯がゆい。だが、それと知ってなお皮肉っている自分が子どもっぽくて馬鹿らしかった。

積田の顔が、ふと眼裏に浮かんだ。

「いろいろ言いたいことはあったけど、まあいいや。嫌味しか出てこないし」

ここまで抱えてきたすべての感情を、未雲は自ら捨て去った。津久井の顔を見て、わかってしまった。もう津久井は、自分の傍にはいない。物理的な距離だけでなく、心が遠くへいったとわかる。

おそらく、積田を思い出さなければ、詮無いことをぶつけて修羅場になっただろう。

「言っていいんだよ。僕は、ありったけ皮肉られたり、罵られるものだと思って、ここに来たんだからね」

「黄昏……そういうの、大嫌いなんじゃなかったのか?」

潔いといえば潔いが、津久井のその反応は、いつもとは似合わないものだった。未雲はむしろ、心配になる。

「前はね。でも、クレームに耳を塞げる立場じゃないのは、わかっているから」

「しかたなく、苦情をお伺いしましょう――って？　スタンス変わったようで、変わったのは、耐えることを覚えたってだけだったりして」

「そうかもしれない」

津久井は、優雅な手つきで、変哲もない白いコーヒーカップを口に運んだ。

そういえば以前は、ファミレスのお代わり０円コーヒーなど、飲み物として認めないようなところがあった。必要に応じ口にはするが、微妙に不快そうな顔をするから、そんな気持ちが伝わってくる。

しかし、今、淡々とコーヒーを飲んでいる津久井には、驕《おご》ったところは見受けられない――たしかに、妥協とか忍耐を身につけたのかもしれない。だが、たった半月で？

「いちおう、理由だけ訊いてもいいかな」

頭を渦巻く疑問や推測を整理して、未雲は単刀直入に訊ねた。

「僕がここにいる理由？」

「それと、突然行方をくらました理由も、できれば。あ、納得できなけりゃいつまでもつきまとってやるとか、そういうストーカー的なアレはないんで、正直に教えてくれればいいよ」

「未雲……ちょっと変わったね、きみも」

返事をする前に、津久井がそう指摘した。心持ち、目を瞠るように開く。

「そりゃ、どうも」

「理由は、どっちも同じだよ」

津久井は、カップをソーサーに置いた。

「好きな人を破滅させないように、ここにきた。これからも、そうする」

「――――」

おおむね予想はしていたものの、面と向かって言われると、また違う感想が浮かぶ――だったら、最低限の人間関係を整理してから、消えやがれ。

「身勝手だと思った？」

「うん。いつも黄昏は自分勝手だったけど、ここまでとは思ってなかった。さすがだ。いや、これもべつに嫌味とかじゃないから」

「いや、じゅうぶん、嫌味だから」

唇が綻《ほころ》ぶ。あ、と思う。珍しく笑顔にさせたら、達成感みたいなものをおぼえた。

こんなに穏やかに、津久井のことを考えている。

「で、好きな人って。昔、比叡山の麓に住んでいたときの初恋の相手？」

「……ツンがそこまで喋ったのか？」

「えっ。合ってるの⁉」

「――違ったか」

津久井はちょっと、しまったという顔になった。それから苦笑する。

「ツンは、黄昏にだって五厘ぐらいの人権はあるから、勝手に秘密を暴くことはできないって」

「あいつが」

「……みたいなことを言って、教えてくれなかった。黄昏がここにいるってこと以外」

未雲は、思い直して脚色した部分を微修正した。

「二人の固い友情に、俺、思わず感涙にむせんだよ。嘘だけど」

「そう、ツンが……そうか。僕には、大人のすることとかって怒鳴りつけたけどね。主に、未雲に対する仕打ちの件で。きみを傷つけたことが腹立たしいらしい」

今度は、未雲が目を瞠る番だった。津久井はほんのりと口元で笑い、

「だから、ツンに任せて大丈夫かなと思った。未雲のことは」

と告げる。

「なにそれ。無責任にもほどがあるだろう」

未雲はむくれてみせたが、脳内では今の津久井の言葉がわんわんとリピートしていた。

――主に、自分に対する仕打ちの件……傷つけたことが腹立たしい？

その声が、いつしか積田の声音で、車を降りる直前の積田のセリフに変わっていく。

「そうだね。でも、僕はこういう人間なので」

「その、初恋の人が破滅するって、どういうことなのか訊いてもいいかな」

未雲は、話を戻した。ちょっと考えて、

「そのくらいの権利は、俺にもあるような気がするんだけど」

つけ加えると、津久井はあきれたような顔をした。

「たしかにね。きみにそう言われて、教えなかったら僕はますます、卑怯者だ」

それでも、少し間をおく。

「――彼が、とある事件に巻きこまれたんだ。金融関係の会社勤めで……横領事件が起こった」

未雲は目を瞬いた。そういう事件なら、覚えている。そう思い、もっと詳しく記憶が蘇った。いつか津久井と、眺めたテレビ。ニュース画面。

「銀行の……、女の人が、六億だかを自分の口座に入れてたとかなんとか」

「そしてさらに、それを妻子ある男に貢いで、結婚を迫ったら相手は海外に逃げたんだけど
――まあ、そんな愚かしい不倫話は関係ない」

津久井は、冷ややかに言った。その表情を見れば、事件じたいを、津久井がどう考えているのかは容易に理解できるというものだった。

「彼が、あの女の直属の上司だったのは、べつに当人のせいじゃないと思うんだけどね」

「あー……それで、巻きこまれたって」

「上司だってだけじゃないか。横領になんかなんの関係もない」

津久井が珍しく、感情をあらわにするのを、未雲は不思議と穏やかな気持ちで眺めた――自分のことでは、津久井はそんなふうに怒ったりしない。それがわかっているのに、胸は痛まない。

――なんのための、旅だったのだ。

「なのに、共犯関係を疑われたり、その疑いが晴れたら監督責任を問われたり。理不尽な目に遭って、ボロボロになっている……見過ごすことなんて、できなかった」

「初恋の力に、俺は敗れたわけか」

「未雲は、とりあえず大丈夫そうだから」

未雲の脳裏に、ベタなフレーズが浮かんだ――「君は一人でも生きていけるから」……そういう別れの言葉をつきつけられるヒロインが、古今東西、ドラマや映画や小説の中に頻発する。

つまり、自分はあれなのか、とうちのめされるヒロインを演じた女優の姿を連想した。

「うん。たしかに俺は、大丈夫みたいだ」

そして、自分もたいがいベタな反応をしているなあとおかしくなる。しかし、他にどういう態度をとればいいのかわからない。相手の言い分が、ずいぶんと乱暴で独善的なものであっても。非は自分の側にはない。そう思えても。

「だけど、黄昏は身勝手すぎる」

「それは、自覚しているし――」

「そんな勝手な男とは、とうていつきあいきれないな。だから」

未雲は、まっすぐに津久井の目を見た。

「別れてくれない？」

なにも映さない、美しい目が未雲を捉える。ややあって、ふっと優しくなった。

「ああ。しかたがないね……未雲、だけどほんとうに、それだけが理由？」

一拍おいて、未雲は答えた。

「いや。ほんとは、俺も他に好きな人ができたから」

本人に言う前に、ここで宣言してしまっていいのだろうか。思いながらも、これは必要な言葉だった。偽れば、自分も勝手な男になるから。

――なんのための旅だった。

その問いに対する答えは、もう未雲にはわかっている。

「そうみたいだね――彼からの電話で、わかったよ」

「――え、どんな？」

その言が、気になった。だが津久井は、

「本人に訊くといいよ」

そう言って、いたずらっぽい目になった。

「あんまり、そういう雰囲気にならないんだけどな」

やや恥ずかしくなって、未雲は頭を捻《ひね》った。

津久井は今、この近くにある「彼」のマンションで暮らしているらしい。失職するであろうその人を、津久井みたいな男がほんとうに支えていけるのか。

そんな意地の悪い疑問も浮かんだが、結局それは、自分が投げかけるべき問いではないのだろう。

店の前で、もう一度津久井と向き合った。未雲の胸に、もうもやもやする塊《かたまり》は残っていない。

「じゃ、元気で」

「黄昏こそ、途中で放り出さないようにな」

憎まれ口を叩いた未雲に、津久井はしょうがなさそうな顔をしたが、口角を心持ち上げるだけの笑みに、以前よりずっと深い色が湛《たた》えられていると感じたのは、気のせいだろうか。

反対方向に歩き出して、未雲はふと振り返った。

津久井の背中が、遠ざかっていく。

これで全部が、終わりになった。津久井と過ごした二年間が、ほんとうに過去になる。

喪失感とは少し違うが、空疎な感じがしていた。なにかを失った気にならないでいる、というわけにはいかない。ひとつの恋の終焉《しゅうえん》。

未雲は向き直り、歩き出す。耳の底に、車を降りる間際に聞いた、積田の声がふわっと浮き上がった。

——俺は、どうにかして未雲が俺のもんにならねえかな、と思ってた。

この旅の、積田のほうにある、それが「理由」。

正直なところ、あの言葉がなかったら、こんなにあっさりと津久井を手放せていたかも、未雲にはわからないのだ。

自分の狡《ずる》さは、積田を得ることを妨げないだろうか。罪悪感を抱いたまま向き合うことは、許されるのか。

未雲はゆっくりと歩を運んできたが、ソーダブルーのボディは目立つ。もう、アクアが見えてきた。

いや、そこに車があるとわかったのは、ドアに凭れて腕組みをしている、長身の男のせいだ。

積田は、まるで灯台みたいにそこに立っていた。

その姿を目にして、未雲の中でなにかが完成する。

素直に、今心にあるものをうちあけよう。こんなに近くで待っていてくれた人に。

「お帰りなさいませ、ご主人様」

未雲が近づいていくと、積田は助手席のドアを開けてうやうやしげにシートを示す。

「うむ。ご苦労であった」

未雲もその小芝居に乗ってうなずき、車に乗りこんだ。

「早かったな、思ったより」

運転席に納まった積田が、素のキャラに戻る。

「――わりと簡単にくっついたからさ、別れるときも簡単なんだ」

相手は、しげしげと未雲を見つめている。

「な、なんだよ」

「無理してない？　未雲ちゃん」

「してないよ」

「ほんとかよ」

「してないって。なんかさ、俺、ずっと黄昏を探しながら、黄昏の影ばかり集めてたんだなと思ったよ。黄昏が生身の人間だっていうことを忘れてたみたいだ。いざ向かい合っても、なんかもう架空の人物って感じで」

「そりゃひどい」

積田は上を向いて笑ったが、すぐに真顔に戻った。

「おまえらは簡単だっただろうけど、俺は相当苦労してるんだぜ？」

「…………」

すぐには言葉を返すことができず、未雲は積田が言ったことの意味を考える。

あのとき、背中にかけられた言葉も合わせて。

「俺は、ツンがなんで俺なんかを自分のものにしたい、なんて思ったんだかがわからない」

むしろ、自分に向けたつぶやきだった。

「理由？　理由なんかが、そんなに大切か。てか、聞こえてたのかよ……」

「聞こえちゃまずかった？　言ったことを後悔してたり」

「そんなわけねえだろ」

仏頂面ながら、積田は否定する。

「気になるよ。ツンはいい男だし、俺にはもったいないじゃん」

「なんだよ、俗に言う、『ご立派すぎて』ってやつ？」

「なに、それ」

「見合いでさ、相手が気に入らなくて、まあ断るときの常套句《じょうとうく》だったらしい」

「――相手が立派すぎて、自分じゃ釣り合わないと？　正反対のこと言って断るとか、誰だよそんな、腹黒い奴」

「ん、俺の母ちゃん」

未雲はふたたび絶句する。積田はにやりと、口元だけで笑った。

「で、俺は立派すぎてふられるわけか」

「ふるなんて言ってないだろ、まだ」

「まだ、だとお？」

心外そうに叫び、積田がぱん、とハンドルを叩く。

いっとき沈黙の帳《とばり》が下りた。未雲は車窓に目を移し、通行車両の派手なクラクションを遠雷のように聴いた。

「理由は、でも俺もそんな感じなんだよな」

未雲は視線を戻す。積田の横顔が、どことなく照れたみたいに見えた。

「ムカついたから、かな」

「俺に？」

「どっちにも。黄昏、あんな奴なのにさ。未雲ちゃんみたいな子に愛されて、どう考えてもきさまにはもったいない！　未雲ちゃんは未雲ちゃんで、尽くす相手間違えてるだろって」

「そんな動機……」

怒りがパワー源になっていたとは、積田らしくない。しかし、積田らしさとはなんだろう。津久井と同様、積田のこともそう知っているわけではない。

ただ、そのいっぽうで、深く知っているような気もするのだ。それは、積田のほうが自分をアピールしてくるから、という理由だけではあるまい。

「だからまあ、しゃあないな。ふられても。そんな動機だもん」

半ばやけくそ気味に言う積田を見上げ、未雲はそっと笑った。

「だから、ふられるとは限らないって——俺はさ……俺だって、もしかしたら不純かもしれないよ？」

積田の顔が、正面に直る。

「俺、黄昏がここにきた理由も、事件のことも聞いたけど、なんか平気だったんだ」

「——生身の人間に思えないから？」

「うん。そんなふうに感じるのも、黄昏とのことがもうずっと昔のできごとみたいになってんのも、俺にはツンがいるからじゃないかなと思って。黄昏がだめになっても、戻ればツンがいるわけで……そういうのは、ちょっと。だから」

「滑り止めってこと？　なんだ、よかった」

「よかったって……俺、自分の狡さっつうか計算高さというか、そういうのにがっかりするんだけど」

積田は自分にはもったいない、本気でそう思ったのだ。

「ツンを好きになったみたいなのに、好きになる理由がそれって——スペアとかキープとか、そんなんで好きなんだったらどうしようと——」

「ちょっと、ちょっと待って、未雲ちゃん」

積田が、やや焦ったように割って入る。

「未雲でいいよ」

「あ?」

整った顔が、うろうろと目をさまよわせた。

「……ええと。つまり、未雲は俺でもいいってこと?」

いつになく卑屈な物言いで、未雲は苦笑した。

「ほら。そういうことかって話になっていくだろ」

「いやいや、すまん。今のは俺が悪かった。低姿勢にもほどがあるってことで、反省します」

誓いを立てるみたいに、片ほうの手を上げたりするから、苦笑はくすくす笑いに変わってしまう。

「じゃ、気を取り直して上から言うぞ」

積田は、こほんとわざとらしく咳《せき》払いをした。

「——俺のものになれ、未雲。俺はいいぞ? お買い得だぞ」

「やっぱり下からになってんじゃん」

笑った後、未雲も咳払いして、

「わかった。ツンのものになるよ」

そう言って、眸を覗きこむ。冗談も真面目な話も、すべて包んで笑い飛ばす。湖よりも深いその双眸《そうぼう》。

「マジで？」

反問した後、すぐに積田の顔が近づいてきた。返答を待たずにキスする、やっといつもの積田に戻ったようだ。

バーで交わしたのとは違い、どこかぎこちないキスだった。積田も自分も、それだけ緊張している、ということなのだろう――そういうことにしておこう。

重なった唇から流れこんでくる、積田の温かさが、胸にしみていく。

揺るぎないものが、今ここにあった。


「ときに未雲さんや。今日中に東京に戻るのは、ちょっと無理っぽいんですけど」

走り出したアクアの中で、積田が実際的な問題を口にした。

「うん。完全に無理だね。俺が運転代わったら、戻れないことはないとも思うけど」

「……絶対嫌」

積田は、とんでもないというふうに、身を震わせる。

「あぁ？　なんだよ、俺の腕がそんなに信じられないって？」

ことさらにすごんでみせると、「うん」と素直すぎる返事。

「ペーパーなんだろ。無理無理」

言った後、

「せっかく両思いになったのに、復路で二人して灰になっちまったら、こんなまぬけな話はないじゃん。下手《へた》すると、ギネスに認定されるぞ？　――世界一運の悪いカップル」

仮定も極端すぎて、未雲はそれについては見解を示せない。

「俺は有給一週間とってるから余裕だけど、未雲は最悪でも明日の夜には帰っとかないとな」

どちらにしても、今夜はここで一泊するしかなさそうだ。

「じゃあ、なんだったら黄昏の家に泊めてもらう？　なんか近くにあるマンションみたいだし」

「アホか。元カレ今カレが入り乱れて、わけわかんないだろ、そんなの」

未雲の提案を却下して、積田はなぜかふふんと不敵に笑う。

「実は、宿はある。いや、予約したわけじゃないがな」

「そりゃ、ホテルとか旅館とかあるだろうけどさ……夏休み中だし」

言いながら、未雲は携帯電話のボタンを押す積田の指先を見た。

「――うちの親父、全国旅館・ホテル協会で役員やってんだ。さっき電話して、この辺りに飛びこみで泊めてくれるところがないか訊いておいた」

「ああー……つてがあるんだ？」

「そういうこと。まあ、また布団部屋になるかもしれんが」

「あれは、だから布団部屋じゃないから」

「もしもし。積田と申します……あ、はい、修善寺の」

急にかしこまった口調になって、宿と交渉する積田は、ちゃんと社会人をやっているのだなと、今ごろになって未雲は思う。ちゃんと、どころか一流商社のエリートだ。

目の前で、積田の携帯のストラップが揺れている。そういえば、香車というのは、すべての駒の中で唯一、好きなだけまっすぐ進むことができるのだった。陣地の取り方によっては、金将の働きもする駒だ。

それは、積田本人とどこか共通するようなものがあるように感じた。未雲はこっそり笑う。

「——なに笑ってんだよ。取れたぞ、ホテル」

電話を終えた積田が、未雲の額を人差し指でつつく。

なにを思って笑っていたかを、いつか教えるときもくるだろう。

積田が——正確にはその父親のつてだが——予約したのは、琵琶湖畔に立つ、小ぢんまりとしたホテルだった。四階建てで、案内されたのは三階の部屋である。
貰《もら》ったキーを、積田がドアに差す。ドアを開け、車のときと同じように未雲を先に行かせた。

ドアの閉まる、ばたんという音を後ろで聞いたとたん、背中が緊張をまとうのがわかる。

未雲は急ぎ足で室内に入った。意味もなく冷蔵庫の前にしゃがむ。

「あー、地ビール。びわこいいみち、だって。けっこうそのまんまなんだな」

若干、わざとらしかったかもしれない。一人ではしゃいで、馬鹿みたいだと思うのだが、顔の強張《こわば》りが解けない。

背後に、量感のある気配を感じた。

「未雲」

「────」

答えられないでいると、肩を摑まれた。嫌でも立ち上がり、向かい合う形になる。

積田の目が、今まで目にしたことのない熱を帯びている──そんな気がする。

そのまま引き寄せられ、唇を重ねた。さっきもしたばかりなのに、まだ馴れない。違和感というのではなく、初めて交わすものみたいに、何度してもぎこちなくなるから、だから未雲はされるままになる。

肉厚の唇が、包みこむように未雲のそれを蔽《おお》う。温かくて、しっとりとした触感。まるで積田そのものみたいな、未雲を大きな力で引きこむ。

「ん、ふ……」

ついにその舌が、未雲の口腔内に侵入してきた。顎や頬肉の裏側を舐《な》め回し、奔放な動きで未雲の舌を捉える。巻きこまれていく。強く吸い上げる。

されるばかりでは悔しいと、ようやく未雲もそれに応えた。積田の背中に抱きつく。積田の手のひらは、すでに未雲の背に回され、いやらしく上下しながら撫《な》で回していた。

その手が腰を滑り落ち、膨らんだ双丘を摑む。

「あ……」

熱い塊が、未雲の下腹部を衝き上げた。気持ちはまだぎこちない。だが、身体はもう次にくるものを待って、求めていることを示している。デニムの股間が、きつくなる。

そのまま、もつれ合うようにしてベッドに倒れこんだ。カバーも外さないままで、二人はお互いを求め合う。

あわただしく、積田は未雲の着衣を剝《は》ぎ取る。隠していたいろいろが、次第に積田の目の元に暴かれていく。

「――ふ……」

口づけながら、優しい手つきで剝いでいくから、それが実は性急で乱暴な行為だとは、熱くなった頭では考えられない。

それでも、下肢をあらわにされて、劣情が暴き出されたときは、羞恥をおぼえないわけにはいかない。

そんな普通ではない状況に、今自分があるということ――。

「あ、ず、狡い」

半裸に剝《む》かれたとき、未雲はそう言って抗議をした。

「なにがだよ」

「……だって、俺だけこんなで。ツンだけ服着たまま。おかしいだろ。俺、もう余裕ないよ！」

ありったけの思いを籠《こ》めると、積田はふっと笑んだ。

「そりゃそうだ、俺だって余裕なんかない」

未雲にとって意外な言を吐いた。

「理性では、もうどうにもならない。あのときみたいにはな――」

と言われ、バーでのキスが蘇った。誘いこむように未雲をそそのかした舌。だけど、それだけで終わった。

あれは、積田が耐えた、ということだったのか。

ようやく思い知った。自分がどれほど、この男から大切にされてきたか。壊れ易《やす》く薄いガラスの器ででもあるかのように、積田はいつだって慎重に未雲を扱っていたのだ。

そう思うと、新たに愛《いと》しさがこみ上げる。身体が、積田への愛でいっぱいに満たされる。

「ん……ふ、う――っ」

中で蠢《うごめ》いていた指が抜きとられ、自然に揺らいだ腰を、積田の手が両側から摑む。そのまま、ぐっと持ち上げ、左右に大きく開かせる。

「あ——や……っ」

かぶりを振ってみせたのは、ただの媚態《びたい》だった。内奥の疼《うず》きは、さらなる刺激を求めて淫《みだ》らに息づいている。

開いた後孔に、硬く熱したものが押し当てられ……そして、疼きの中心を貫いた。

「ひあ——っ、ああ……」

未雲の背骨に、一気に痺《しび》れが走り抜ける。おぼえたてのティーンエイジャーみたいに、それだけでイキそうになる。未雲は歯を食いしばり、衝動をやり過ごす。腰が、がくがくと上下した。

「む……」

積田が、堪《こら》えきれないように呻《うめ》いた。未雲は目を見開き、真上にある顔を見た。痛みを堪えるかのような、かすかに苦しげな表情。それを見れば、積田も感じていることがわかった。

また足が開かされ、積田がさらに腰を入れてくる。より深いところを衝かれ、未雲はあられもない声を上げる。

自分がどれほど浅ましい生き物であるか、積田にならすべて見られて、知られてもいいと思えた。だって、実際にそうなのだから。積田に身体で愛されて、全身で応えているだけだ。

「ああ……な、動いて――もっと……っ」

ただ、そこに切っ先が当たっているだけでは嫌だった。

未雲の中の獣が、そう言っている。もっと奥まで暴かれて、蹂躙《じゅうりん》されたい。もっともっと、激しく愛されたい。

そう思うことは、きっと間違いじゃない。結ばれるということは、そういうものなのだから。

未雲にうながされ、積田が動きはじめる。力強いストロークで、望んだ場所を衝き上げる。

「ん――すごい、狭い……狭くて……俺を食い千切ろうとしてるみたいだ……」

しかめた眉根が、ひくひくと動いた。

「あ、俺、だって……壊れそう――強いよ――っ」

汗ばんだ腰がぶつかり合う。打ちつけ合って、濡れた音を放つ。積田の動きは深く長い。未雲の官能を射貫いては、ゆっくりと引いていく。焦《じ》らすように、入口あたりを浅く衝く。

「ふ、っも……もっと、ああ、いっぱい衝いて……！」

だから未雲の要求も、より直截なものになる。もっと早く動いて、破れるくらいに乱暴にされたいのだ。

壊れたっていい――。

積田の腰の動きが、加速する。ぐっと律動が激しくなる。

そうしながら、指で未雲の額に触れ、張りついた髪を分けてくれる、その指先の動きは、下肢とうらはらに優しい――。

内奥の肉を、掻き出すみたいに擦《こす》る、積田の情熱。

それを感じて、瞼の裏がかっと熱くなる。真っ赤に染まる視界。

「あん、も、もう、イク、ああ……っ」

下腹部を、射精感が渦巻いた。それはうねり、はけ口を求めて未雲の屹立《きつりつ》を刺激する。ぴんとそそり勃《た》ったそこを、積田の手がそっと握った。

「あ、あ、やあ――っ、さわら、ない……で」

上下に扱《しご》かれて、切なさがいっそう高まる。

「そんなわけにはいかないだろ。こんなになってんのに……」

耳元で囁いたかと思うと、積田は未雲の耳朶《みみたぶ》をやわやわと食んだ。手は、なお未雲の情欲をとらえ、扱き立てている。

「ふ――ああ、ダメ……だ、っ」

腰をくねらせながら、未雲は断末魔の悲鳴を上げた。

屹立を包んだ積田の手の中に、熱い飛沫《しぶき》を迸《ほとばし》らせる。意識していないのに、腰がくねって、積田の手のひらに擦りつけるようにして精を放った。

「――未雲、中が……ぎゅっとして……」

積田の声も感極まっている。掠《かす》れた声が言い、次には未雲の内奥に放出する。長い長い射精。熱い精液が、どくどくと注ぎこまれ、未雲の目はくらんだ。

圧倒的な法悦、そして一体感。

積田から滴《したた》った汗が、未雲の胸に落ちる。大きな手が、シーツの上に投げ出した未雲の手のひらを摑む。未雲も握り返した。

しばらくは、はあはあと荒い息をつく音だけが部屋に響いた。

ずるりと、積田が未雲の中から退いていく。

「あ――んん」

中の肉が、それを逃さないとばかりに絡《から》みついた。自覚して、未雲の顔がかっと燃える。

「――なんだ、もう一回やっていいのか」

笑った声に言われ、思わず積田の胸を叩く。

「そういう、台無しなこと言うなよ！」

「え、だってやりたいでしょ？」

積田は笑って、未雲の腰を引き寄せた。放出したばかりの熱い肉の先が、腿《もも》をつつく。もう硬い。

「……ツンだって、やりたいんじゃないか。イッたばっかなのに」

「そりゃあ、俺は、やれるときを虎視眈々《こしたんたん》と狙ってたもんな」

口でも敵《かな》わない。未雲はむうと唇を突き出す。と、積田が顔を近づけて、ちゅっと音を立てて口にキスをした。

「何回でもできるさ。おまえとだったら、いつでも。欲しいだけくれてやる」

「――ツン」

「……なんだけどな、とりあえず今は」

男らしい顔が、困ったように笑う。

「メシ食いにいかないか?」

言われて初めて、未雲は空腹に気づいた。


翌日も、朝から晴れて、澄んだ青空が、窓の向こうに広がっていた。

未雲の予定では、今日が夏休み最後の日である。

「あっちは雨だと」

窓から外を見ている未雲の背後から、積田がそう声をかけてきた。

未雲は振り返り、ベッドに腰をかけた積田を見る。昨夜、食事を終えてから――言葉の通り、未雲が求めるだけをくれた男だ。思い返すと、気恥かしい。せがんだ自分の媚態もなにもかも、積田は見ている。

だが、それを持ち出してからかうようなことも言わず、積田の笑顔は未雲を包みこむようだ。

そういう男だと、もうわかっている。自分が言われたくないことは、決して言わない。

――たまには、そんなのもいいけどね。

もっとずっと先では。なんといっても未雲たちは、まだできたてほやほやの恋人同士なのだ。

「やだな。こんな晴れてんのに、わざわざ悪天候に向かって帰るなんて」

もったいない、と口の中でつぶやいた。

「んー。だけど、帰らないってわけにもいかないでしょ。未雲ちゃん明日っから、通常営業なのに」

「言うなよー。めんどくさくて、泣きそうだ」

「ってねえ、アナタ。労働は、社会人の基本だよ？　働かざる者、食うべからず」

未雲はしげしげと、真新しそうな赤いTシャツを着た男を見た。

「な、なによ。なんなのよ」

またオネエ口調だ。そして、なぜだか焦ったふうにベッドの上で後退《あとずさ》りする。

そう見せているだけで、実際にたじたじとなってるわけじゃないんだ。それはもう絶対に。

だが、悔しいとか、腹立たしいとかいう想いは生まれず、弱そうなところを見せるのも、つまりは未雲に優位を感じさせるためのポーズなんだろうと思う。

実際には、優勢なわけもなく、だから積田のそんな気遣いも無用なのだが、たじたじとなる積田を見るのは、たとえ本心からの態度でないとわかっていても、面白い。

だって相手とは、未雲がどう頑張っても追いつけない、八年の年齢差がある。

津久井とつきあっていたときには、無理に背伸びすることもあったし、子ども扱いされないように気張っていた。

積田の前では、そんなものは必要ない。いつだって、自分のままでいられる。怒ったり、はしゃいだり、そのとき折々の、生の感情を外に出しても大丈夫だ。積田はもう決して、未雲を欺いたりはしないだろう。

不思議なことだが、なにも口に出して言われたわけではないのに、未雲にはそうわかっていた……わかっているように思えた。

「ツンは、あと四日休みなんだっけ」

一緒に朝食会場に向かいながら、未雲は確認した。

「ええ。つい勢いで、いい感じのところにシフトを入れてしまいました」

積田は、恥ずかしながらといったていで答える。

「じゃ、その間ずっと、どっか連れてってよ。俺のところの閉店時間、知ってるよな？」

「……それは、命令なのでしょうか。女王様」

つんと顎を反らす未雲に、積田は問う。

「命令だ。否とは言わせないぞ。っていうか」

未雲もにやりとしてみせた。

「あんだけ待ち伏せしてたっていうことは、俺のタイムスケジュール、完璧に把握してたってことですよねえ？　下僕の積田くん」

「畜生。心配したことが、仇《あだ》になるとは」

はっと、胸を衝かれた。津久井に去られた後、常に都合よく積田が自分の前に現れたことの意味を、そのとき初めて、未雲は思い当たった。

考えてみると、もっと前にわかっていてもいいはずだったのだ。

やっぱりいろいろと、詰めが甘い。ふられたのも、それが原因かもしれない。

津久井のことを思ってみたが、もう胸が壊れそうな気持ちとともには、彼のことは浮かばないのだった。あれほど好きだったのに——魔法にかけられたみたいな、ひと夏を体験したというのに。

記憶は、上書きされる。

いい思い出が、それ以上にいい思い出と、すり替わっていく。


知らない場所へ行くときに、行きは長く、帰りは短く感じるのはなぜだろう。

子どもの頃、遠足や家族旅行で抱いた、そんな疑問に対する答えを、未雲が知ったのは高校時代の物理の授業でだった。

それは、吸収する情報量の差なのだという。つまり、同じ景色でも、はじめて目にするのと二度目に通りかかるときとでは脳の受ける刺激に違いがある。見て、記憶に刻みこむ作業は、復路ではおこなわれない。一度見た風景からは刺激を受けないということだ。

だけど今回は、どうやら違うようだ。同じ景色の中を走っているはずなのに、はじめて通るみたいに新鮮に感じられる。

おそらく、隣にいる男の意味が変化したせいなのだろう。積田は、もうただの酔狂な同行者ではなく、できたばかりの恋人だ。

そんな想いを噛《か》みしめ、未雲は楽しい気分になった。

内心そっと、味わっていたはずなのだが、表情に出ていたのだろうか。

「なににやにやしてんの？　未雲ちゃん」

運転席から投げかけられた、からかうような言葉に、未雲は急いで口角を引き締めた。

「べつに」

「なんだよ、俺には楽しいことを分けてくんないわけ？　ケチぃ」

積田が駄々っ子みたいに唇を尖らせたから、せっかく作った真顔が、また弛《ゆる》んでしまう。

「ケチったわけじゃなくて、ちょっと馬鹿ばかしい話だから」

未雲はなだめるように言ったが、積田は、さらなる釈明を待っているようである。

「――はじめての場所に行ったとき、行きは長くて、帰りは短いとか思ったことある？」

質問に質問で答えてみた。積田は、ちらりと横目で未雲を見て、

「ある」

と応じた。

「それって、なんでだか知ってる？」

「脳に伝わる情報量だろ」

あっさり返してきた。未雲は拍子抜けしたものの、相手は自分より八年長く生きている。

未雲が知っているぐらいのことを、積田が知っているのは不思議じゃない。

「だけどそういうけどさあ」

積田は続けた。

「つまんない映画とか、二度目に観《み》るときのほうが長く感じるぜ？　いつ終わるんだよって、いらつく」

「……なんで、そんなつまらない映画を二回も観なきゃならないんだよ？」

「それはまあ、つきあいで？」

積田の返答はとぼけたものだった。未雲はそれについて考えてみる。どうみても、いっしょに観る相手がいる場合の話だ。劇場で、あるいは家でＤＶＤで、その映画を観たいという相手に対し、「俺、それ観たけどつまらないぜ」とは言えない状況……要するに、積田にとって特別な存在。

いまさらそんなものをいちいち気にしてもしょうがないのだが、それでも未雲の胸はちりりと焦げる。積田がくすっと笑ったから、なおさらだ。

「なんだよ？」

「なんだよって、なんで急に不機嫌？　ボク、怖いですー」

「………」

「あ、ちょっとトイレ休憩」

サービスエリアが近づいていた。唐突に、積田はハンドルを切って車を駐車場に入れる。そう言いながら手洗いに向かうでもなく、降り立つや否や、

「ここのガーリックフランクが旨いんだ」

と、売店のほうに向かっていく。半ば呆《あき》れながら、未雲はその背中を追った。

外に置かれた、ドーナッツ状のベンチに未雲を座らせ、積田は自らそのおすすめのB級グルメを持って戻ってくる。

「ほい、お待たせ。熱々のうちに食うんだぜ」

トレイに載ったソーセージからは、たしかに旨そうな匂いが立ちのぼっている。

味のほうも、申し分なかった。嚙むと、じゅわりと肉汁が口の中に広がる。注文を受けてから炭火で焼くから旨いのだと、積田が説明した。ガーリックの味がアクセントになっていて、何本食っても飽きのこなさそうな味だった。

「うーん。これでビールがあればなあ」

「まだそんなこと言ってんのかよ」

切なげに視線を彷徨《さまよ》わせる積田に、未雲は冷たくつっこんだ。

「だってそりゃ、至福のときじゃん。旨いつまみと旨いビール」

「──それは、運転しないときなら、いつでも味わえばいいから」

「ん……未雲ちゃんつきあってくれる？　味わいたくなったとき」

いきなりむせた。まったく偶然のできごとだったのだが、肉のかけらが気管に入ったらしく、未雲は紙ナプキンで口を押さえ、げほげほと咳きこむ。

「んな、『お断わりだ！』なリアクション……」

積田は、いかにも心外そうな顔つきで、恨みがましくつぶやく。

「ち、違、ちがう。そんなこと、言ってないだろ！」

未雲はあわてて、手を振った。そしてまた、むせる。

脳裏に、昨日のホテルでのことが蘇っていた。「お断わり」なのに、あんなことをするわけがない。それとも、自分は、積田の目にそんなふうに映っているのだろうか――ゆきずりのセックスをするタイプ？

自分で思ったことなのに、また自分でむっとしてしまう。そんな未雲を見る積田が、ふと真顔になった。

「何……？」

あらためて眺めると、いい男だと思ったのだった。未雲はやや引き気味に相手を見る。いや、それは、はじめて見たときから認識してはいた。整った面《おもて》。いわゆるイケメン。だが言動がどうも、怪しい。遊んでいる男のそれだと警戒した。

だが今、未雲を見つめる眸は真摯《しんし》で、いつものふざけた色がない。

そうなれば、どぎまぎしてしまうことからは免れなかった。

「じゃ、これから俺とつきあう？」

口調は穏やかで、冗談を言っているとは思えない。未雲は、握っていた串を置いた。

「……うん、て、いまさら確認すんなよ、そんなこと」

頬が熱い。暑いのではなく、熱い。

「いや？　だって気になるだろう、そこは」

言って、積田はにまりと笑う。

「東京帰ったら、急に冷たくなっちゃって、おまえ誰だっけ的な扱いを受けたりしたら、俺、立ち直れないじゃん」

「──なんで、そんな想像するんだよ。ありえない」

「ありえないんだ？　よかった」

宙を仰いで、豪快に笑う。

いつもの空気に戻っていて、未雲は内心、ほっとする。と同時に、目の前の男が恋人になるという事実を、いまさらながらに噛みしめていた。

僅《わず》かな風が、肌にそよぐ。

「俺はさ、未雲ちゃん」

すると積田が、口をひらいた。

「人生って、一回限りの片道切符だと思うんだよ」

「？」

今度はなにを言い出すのだろう。未雲は積田に注目する。

「つまり、二度とは同じことが起こらない、新しい経験の連続。これと同じことが前にもあったって感じても、まったく同じではないだろ？」

「うん」

「人間は誰でも、旅人みたいなもんだ」

積田は続けた。

「誰にも頼らず、それぞれの旅を、ただ一度誰もがたどっている。だからさ、出会いも別れも、その、ただ一度の旅の中で体験する途上でのひとこまに過ぎないわけで——たった一つの出会いが、生涯かけがえのない重要なポイントだったりもする。だけど、すれ違わないまま、お互いに終える旅もあるよな」

未雲は、今度は声に出さずにうなずいた。

「だからといって、出会わなかったのは、その必要がなかったから、だなんて俺には思えない。必要なのに出会えなかった、それは不幸なことだと思うんだよ」

でも、といたずらっぽく微笑《ほほえ》む。

「とりあえず、俺はちゃんと未雲ちゃんに出会えた。そのことを、誰に感謝すればいいのかは知らんけど、出会っただけじゃなくて、好きになって、未雲ちゃんも俺のほうを見てくれたから、とりあえず行きはオッケー……ここから折り返して、そこで目にするいろんな風景とか、なんでもないありふれた一日だって、決して短くは感じないと、まあ、さっきの話に帰結するという話だ」

そう締めくくった積田は、心なしか照れているように見えた。

「……うん」

いつにない真面目な話を聞いてしまった。未雲はそのことに羞恥をおぼえたりはしない。こんなふうに真顔で語る積田なんて、この先そう何度も目にすることはないのだろう。だから、覚えておこうと思った。これからいっしょに同じ舟を漕《こ》いでいく。その、相手に。

たしかにその旅路が、あっという間に過ぎてしまうのではもったいない。見るべきものは全部観て、心に綴《と》じていく。何冊ぐらいのアルバムが出来上がるのだろう。楽しい光景ばかりじゃないとは思うけれど、それでも人生は美しい。

そんなふうに思えることが、幸せだった。

些細なセンチメンタル

「未雲《みくも》くん、遅くなってごめんなさい」

棚を整理していた真渕《まぶち》未雲は、その声に振り返った。休憩に出ていた雁金《かりがね》が、店先から入ってきたところだ。最近短くした髪の毛先が、店の照明にふわりと透ける。

「休憩どうぞ」

「あ、はい」

「今日は、『ビエール』の窯《かま》焼きピザが全品半額だったわよ」

「マジっすか？　……混《こ》んでそうだなあ」

「大丈夫じゃない、一時過ぎてるし」

ハイヒールの音をフロアに響かせながら、雁金が未雲の横に立つ。

「あ、じゃあ覗《のぞ》いてみようかな」

「いってらっしゃい――戻りは二時十分でいいからね」

にっこり微笑《ほほえ》む、六つ年上の女に、未雲は苦笑を返した。

「そんな、きっちり時間守らなくても」

どうせ、店長から叱《しか》られるのは自分だけに決まっている。そう思ったが、口には出さず、未雲は足早に店を出た。店長であり、未雲の母でもある美也子《みやこ》は、当然のことながら息子には厳しい。親子だが、いや、親子だからこそか、店では雇用関係にあることをつねに示され続けている。

ピリピリしなくたって、俺、けっこう真面目《まじめ》に働いてるつもりなんだけどなあ。

という、ささやかな不満をぶつけるべきその相手は、今日はバイヤーとの打ち合わせで終日外出だ。雁金と未雲とで、店を預かることになる。休憩は交代でとっているが、今日はいつもならある、短時間の「お茶休憩」を外していた。セール期間でもないから、たいして忙しいわけではない。しかし、いつなんどき忙しくなるかはわからないわけで、一人ではやはり手薄なのだ。

駅に付設されたショッピングモールの中にある、セレクトショップ「プティ・シモール」が、未雲の勤務先だ。もう二年になる。ものすごく有能な店員だなんて主張はしないが、それなりに接客業もさまになってきたのではないかと思う。

二階にある店から、通路の中央に設《しつら》えられたエスカレーターを使って、一階へ。

雁金おすすめのピザの店は、フードコートの一角にある。小さな店が屋台ふうに並んだ、基本的にはセルフサービスのカウンターだけのスペースで、トレイを受け取った客は、どのテーブルについてもいい。

逆に言うと、まず座る場所を確保しなければ、食べるものはあっても立ってラーメンを食うはめになったりする、ということだ。

一時を過ぎているが、まだまだランチタイムの範疇《はんちゅう》だ。加えて、件《くだん》の店が半額セール中である。

エスカレーターから一瞥《いちべつ》しただけで、これは無理だと未雲ははやばやと半額のピザをあきらめた。テーブルの混み具合はともかく、「ビエール」の前には長蛇の列ができている。あれでは、並んでいるだけで休憩時間の三分の二を費やしてしまうだろう。

かといって、三階でランチ、は未雲の身分ではやや不相応だ。フロア全体に飲食店の入ったレストラン街で、屋台よりはだいぶ畏《かしこ》まった感じの店ばかり。ランチメニューといったって、千円札が二枚は飛んでいく。

結局、外にいくことに決めて、未雲は一階のフロアを裏手に向かった。裏口を出たところに、コーヒーショップのチェーン店があって、そこならせいぜい五百円でコーヒーつきの軽食を賄《まかな》える。テラス席もあって、今の季節なら外でもじゅうぶん快適に過ごせるのだ。十一月に入ったばかり、初秋の街はまだまだ陽射しも優しい。

スモークサーモンとクリームチーズのベーグルサンドがいいか、マスタードをたっぷりきかせた粗挽《あらび》きソーセージのホットドッグにするか。

そんな他愛のない算段を巡らせながらフロアを横切っていた未雲は、ある店にさしかかったところでふと足を止めた。

特になにか考えがあってのことではない。なんとはなしに、そこで止まってしまったのだ。

きらびやかに天然石で飾りつけられた店内が、通路からでもよく見渡せる、「プティ・シモール」よりやや狭い店舗。

全テナント共通の真鍮《しんちゅう》製のプレートに、これも全店で使われている書体で「STONE LOCKER」と刻まれたそこは、かつて未雲にとって、このモールで最も重要な店だった——。

かつて、と浮かんだが、実際にはそう遠い過去ではない。そう、つい最近まで——四か月前までは、自分はあたりまえみたいにして、用もないのにこの店の前を通りかかったり、覗いたりしていたのだ。

——彼氏が、店長をやってたから。

ごくありふれた理由である。まさか勤務時間中にわざと通りかかるようなまねはしなかったが、心情的にはそうしたいのがやまやまだった。

津久井《つくい》はそんなのを嫌がるから、やらなかっただけだ。

津久井黄昏《たそがれ》。その名がふっと追憶の波間から現れた。

すると、糸をたぐりよせるようにして、そのカウンターの向こうに立つ、すっくと長身な姿も思い出される。

四か月前までは恋人だった。だけど、そう思っていたのは自分のほうだけだったようだ。

津久井が姿を消した夏、未雲は焦って、数少ない心あたりをうろついて、どこかに津久井がいないか必死で探していた。

手がかりなんか、その時点でなにもなかった——そのことに気づいて、ショックを受けた。

あれが、たった一つ前の季節の中で起きたできごとだったとは。あらためて思い返すと、なにかもう、靄《もや》がかかったような昔の話みたいだ。

結局、津久井は、昔からほんとうに好きだったわけありの男の元に走っただけで、ほんとうにというからには未雲とのつきあいはそう真剣なものでもなく——そもそも津久井はその人以外は誰も愛したことのない男で、要するに未雲は、つきあう前から失恋していたようなものだった。

正直なところ、そんな話ってあるのかという気持ちにならなかったわけではない。

だが、それよりも納得する思いのほうが上回っていた。未雲が、津久井という男に対して抱《いだ》いていた違和感……不信といってもいいその印象に、それで説明がついたから。なにかおかしいと思っていたら、やっぱりそういうことだったか、と、簡単にいえばそうなる。

なのに、一年もつきあっていたのは、どういう種類の自虐プレイだったのだか。

いや、未雲には特に被虐嗜好はない。おこなわれていたのは、すり替えだった。つまり、津久井はそういう人間なのだと。感情の揺らぎや内面にある思いを、けっして面《おもて》に出すことのない男。津久井が笑うところを、何回見ただろうか……自分に限らず、誰とつきあったって津久井はそうなんだと考えた。考えようとしていた。

実際には、ある人の男に対してなら、津久井はいくらだって動揺するし、きっとその人の前では無様な姿を晒《さら》すのだろう。

この夏の大部分を費やして、未雲はそれを学んだようなものだった。考えてみると、まぬけな話だ。それだけ切実に、津久井を自分のものにしていたかったということなのだろうけれど——その気持ちを、否定はしないけれど。

今、目の前に見えるカウンターの向こうには、別の男が立っている。新しい店長とは、まだ挨拶《あいさつ》を交わしたことがない。そういえば、こうしてよく見るのもはじめてだった。

年齢は、津久井とそう変わらないように見える。三十歳前後。中肉中背で、容貌にはあまり特徴がない。

店内をぶらついていた、一人できたらしい女客が、ブレスレットのようなものを手にレジに向かっていく。白っぽい石に見えた。ローズクォーツかな、と彼女の年まわりや雰囲気から、未雲は勝手に想像する。

恋愛運を高める石だと、津久井から教わったことを思い出していた。

新しい店長は、てきぱきと商品のタグを外し、客となにか言葉を交わしている。あれはたぶん、リボンのサンプルを貼った台紙だ。彼女に示すように、視線の高さに掲げる。どうやら、プレゼントを買いにきたみたいだ。彼女の後頭部が動き、店長は笑顔になった。

未雲はちょっと感動した。「感動」は、ちょっとおおげさか。だが前任者とは違い、自然な笑顔を見せる新店長は、きっといい人なんだと思う。いまさら津久井をけなすつもりはないが、あの人の恋人は、幸せだ。

そんなことを考えている自分に気づき、未雲はやや鼻白んだ。津久井のことは、もう過去。事実、未練があるわけでもない——はずだ。なのに、わざわざ店の前で足を止め、追想に浸っているようなのは、どうだろう。

もちろん、好きだという気持ちは残っていない。ただ、同じ場所が別の人間によって占められているところを見て、ほんの少し苦い想いがするこれは。

——感傷ですか。

自分で考え、おかしくなった。

「なにをにやついてんだか」

突然、背後で響いた声に、未雲はぎょっとした。

確認するまでもなく、声の主はすばやく回りこんでくると、未雲を正面から見下ろしてくる。

「まさか、黄昏との過去の情事を思い出し笑いしてたり？　未雲ちゃんたら、えっちー」

「——馬鹿じゃねえの」

未雲は言い捨て、すたすた歩きはじめた。

「馬鹿って。そんなあっさりと一言で——いや、馬鹿だけどさ」

未雲はふたたび立ち止まり、積田《つみだ》隼介《しゅんすけ》を見上げた。言い返してくるでもなく、未雲のつまらないリアクションまでいっしょに真綿で包みこむような笑顔を、しげしげと見る。

「なんでしょうか？」

「いや――くるなら、メールぐらいよこせばいいのに」

「んー、時間はっきりわからなかったし、事前メールで待たせるのもなんだしさ」

積田は、笑顔のまま答える。

「……うん」

確認するまでもなく、気遣われているのがわかる。三か月前に恋人になった男は、津久井にいちばん近い友人で、津久井の分まで未雲を労《いた》わってくれているかのようだ――むろん、積田にそんなつもりはないのだろうけれど。

「で、これから昼なんだよな？」

秋らしい枯葉色のスーツを身につけた積田を、女同士連れ立った買い物客が振り返っていく。津久井とはまた違うタイプだが、異性からの関心を集めることにかけては、積田は津久井以上かもしれない。

そんな比較に、意味はないわけだ……未雲は気を取り直し、

「もちろん、これからランチ。季節の小懐石なんか、食べてみたいかも」

指で、上を指した。うわ、と積田。

「タカられたよ」

「タカらせるためにきたんじゃん？」

「すごい。女王様だ、女王様」

虐《しいた》げられて嬉《うれ》しそうなのは、べつに積田が奴隷体質だからというわけではない。未雲がわがままを言うのが、楽しい時期なせいだ。つきあって三か月。それは不思議なことではないだろう。

だが未雲は知っている。津久井のいた場所を、こっそり窺《うかが》うような自分の中の澱《おり》みたいな感情を、積田は現れるだけで一掃していったことを。そんな小さな感傷の芽なんか、根元から断ち切って覆してしまう。今の自分にとっての積田が、そういう相手だということを。

だから、未雲も自然に笑顔になる。まだちょっと、素直になれない部分もあるけれど、これからの自分がどんなふうに変わっていくのか、見届けたい思いがある。

「で、実際なんで、あの店覗いてたわけ？」

前後してエスカレーターに足を乗せながら、積田が振り返る。

「覗くっていうか——覗いたわけじゃないよ。ただ、思い出すことがないでもないというか」

「思い出すだと？　聞き捨てならない話だな」

そう言いながら、やっぱり笑っている。積田の広い背中は、こんなふうに未雲の隅々まで受け止めて、ぜんぶ吸収してしまうのだ。

だから未雲も、安心してぜんぶ預ける。自分では説明のつかない感情だって、おそらく積田なら読み取って、名前をつけてくれるだろう。

店に入って落ちついたら、ほんとうのことをうちあけてみようか。いや、一時間もないんだから、そんなので時間をとるのはもったいない、かな。

未雲の思惑と積田の寛容、両方載せたエスカレーターは、ゆっくりと、だが着実に二人を運んでいく。次の階へと。

あとがき

こんにちは。ここまでおつきあいいただきまして、どうもありがとうございます。

アイスが美味しいシーズンですが、健康のことを考え、朝昼晩に一個ずつという自分ルールに則ってヘルシーなアイス生活を送っております。

……すいません、見栄を張りました。健康というか、ダイエット目的です。泣。

最近、巻くだけで痩せる！　というふれこみのベルトを書店で見つけてなんとなく購入したのを皮切りに、その系列のスリッパとか足裏矯正なんとかかとかをアホほど入手してしまいました。足裏なんとかは、シリコンでできたサポーターを指とかかとに装着するのですが、痛いです、指……。姿勢はよくなっても、慢性的な痛みを我慢しなければならないのか、いずれ馴れるからいいのか、馴れる前にめんどくさくなってやめるからいいのか。答えはおのずと知れる気もしますが、まあ今のところは続いています。

その一環として、セルライト用のローラーも買いました。とにかく、太腿のこれをなんとかしたい！　という一念ですが、お腹や二の腕にもコロコロコロしています。テレビを眺めながら手を動かすだけでいいので、お風呂上がりにコロコロ。まだ一週間ぐらいなので、効果があるのかはわかりませんが、なんとなくセルライトが薄まってきた……ような気がします。

八六パーセントぐらい、気のせいだと思うのですが、残り一四パーセントに懸ける、この執念。夏がくるまでにはなんとか、って、だから既に夏なんだよ！

とまあ、あい変わらず怪しげな商品に手を出していますが、機会があれば効果のほどをご報告いたします。いずれも自分自身の努力という要素（食事とか運動とか）がほとんどゼロなので、これが効いたりしたらダイエット業界を揺るがすこと必至だと思います……。いや揺るがしてどうする気なんだ私……。


今回のイラストは陵クミコさんです。どうもありがとうございます。内容はともかく、イラストだけは満足していただけるはず。え、もったいないですか？　それは誰より私本人がよくわかっております。すいません。

担当S本さんをはじめ、ルチル編集部や幻冬舎コミックスのスタッフの皆様にも、感謝申し上げます。

お読み下さった皆様、いかがでしたでしょうか。最近、まったく感想をいただくことがなくなったので、いったいどう思われているのだろう？　と気になります。ひとことだけでもコメントをお寄せいただけるとありがたいです。

それでは、またどこかでお目にかかれますよう。

✦初出　旅の途中にいる君は………………書き下ろし
　　　　些細なセンチメンタル…………書き下ろし

榊花月先生、陵クミコ先生へのお便り、本作品に関するご意見、ご感想などは
〒151-0051 東京都渋谷区千駄ヶ谷 4-9-7
幻冬舎コミックス　ルチル文庫「旅の途中にいる君は」係まで。

幻冬舎ルチル文庫

旅の途中にいる君は

2013年7月20日　第1刷発行

✦著者	榊　花月　さかき かづき
✦発行人	伊藤嘉彦
✦発行元	株式会社 幻冬舎コミックス 〒151-0051 東京都渋谷区千駄ヶ谷 4-9-7 電話 03(5411)6431[編集]
✦発売元	株式会社 幻冬舎 〒151-0051 東京都渋谷区千駄ヶ谷 4-9-7 電話 03(5411)6222[営業] 振替 00120-8-767643
✦印刷・製本所	中央精版印刷株式会社

✦検印廃止

ISBN978-4-344-82884-1　C0193　Printed in Japan